寻找伊莎贝尔

[意] 安东尼奥·塔布齐 著　陈英 张燕燕 译

东方出版社

图书在版编目（CIP）数据

寻找伊莎贝尔/（意）安东尼奥·塔布齐著；陈英，张燕燕译．
—北京：东方出版社，2020.11
（读经典）
ISBN 978-7-5207-1697-0

Ⅰ．①寻…　Ⅱ．①安…②陈…③张…　Ⅲ．①长篇小说—意大利—现代　Ⅳ．①I546.45

中国版本图书馆 CIP 数据核字（2020）第 182878 号

寻找伊莎贝尔
（XUNZHAO YISHABEIER）

作　　者：【意】安东尼奥·塔布齐
译　　者：陈　英　张燕燕
责任编辑：邝青青　杨　丽
责任审校：曾庆全
出　　版：东方出版社
发　　行：人民东方出版传媒有限公司
地　　址：北京市西城区北三环中路 6 号
邮　　编：100120
印　　刷：三河市金泰源印务有限公司
版　　次：2020 年 11 月第 1 版
印　　次：2020 年 11 月第 1 次印刷
开　　本：889 毫米 ×1230 毫米　1/32
印　　张：5.75
书　　号：ISBN 978-7-5207-1697-0
定　　价：52.00 元
发行电话：（010）85924663　85924644　85924641

灵魂的旅程

　　生活中总有些相遇，会给人带来一些难以预料的冲击。2008 年的某天，我在博洛尼亚机场等飞机，机场里有一家巨大的 Feltrinelli 书店，它并不是通常的机场书屋，而是各类图书都有。距离登机还有一些时间，我进去逛了逛。在一个不起眼的角落里，我看到了佩索阿意大利语版的《惶然录》，译者是安东尼奥·塔布齐。当时我并不知道佩索阿，塔布齐也只是听说而已。佩索阿在这本书里虚构了一个名叫索阿雷斯的人，用四百多个片段来展现这位里斯本会计的内心生活，或者说勾勒了一个落寞男人的灵魂。佩索阿思索生活的方式，无疑具有一种异质的色彩。于是我不假思索地买来读了。事实证明，那是一本让我非常迷恋的书。

后来我开始读塔布齐的书。我得知，他当时是在一个旧书摊上遇到佩索阿的作品，这彻底改变了他的人生。一个作家与上一个时代的作家之间的关联并没什么让人惊异的，但塔布齐与佩索阿的关系似乎是一个特例，达到了前所未有的广度和深度。佩索阿像一个漩涡，让塔布齐深陷其中，对于这位出生于意大利中部的作家来说，仿佛他文学的祖国不是意大利而是葡萄牙。塔布齐的毕业论文写的是葡萄牙超现实主义，后来在大学教授葡萄牙文学，在意大利翻译介绍这位葡萄牙作家的作品，每年他有一半时间生活在里斯本。我也发现，这位意大利托斯卡纳小说家的小说背景很多也是在葡萄牙，比如说让他誉满全球的《佩雷拉的证词》，里面的主人公是生活在里斯本的报刊副刊编辑。

安东尼奥·塔布齐于 1943 年生于意大利比萨，是比萨高等师范的高才生，而佩索阿在 1935 年已经过世，他们的交集也只是停留在文字上。塔布齐在 1975 年，他三十二岁时发表了处女作《意大利广场》，这是一部从《百年孤独》中汲取灵感，讲述家族史的小说。而后在1987年发表的《印度小夜曲》，讲述一个男人去印度寻找他失踪的朋友，在旅途中，他感觉有必要反思自己的身份，这本书让他获得了法国美第奇外国小说奖。

在塔布齐2012年病逝之后出版的遗作《寻找伊莎贝尔》中，写作风格更凸显了一种梦境、游离和神秘的色彩，混杂着懊悔、怀念和幻想，他之前书写过的主题也会再次出现。塔布齐的文字简练，背景恢宏，画面感强，时空设置繁复、精美，仿佛一个个电影片段剪贴在一起，拼凑出一个葡萄牙女人——伊莎贝尔的一生，与一个具有多种文化元素、涵盖各阶层人士的葡萄牙社会，这些使这部小说具有典型的后现代主义色彩。

《寻找伊莎贝尔》小说并不是很长，小说中的讲述者"我"——一个心事重重的波兰作家、诗人，似乎从天而降，先是来到里斯本，有几个细节会让我们感觉到，这是另一个时代的里斯本，广场上全是皮条客和妓女，连打台球的老人也会不失时机地向"我"推荐从佛得角来的姑娘。"我"在里斯本四处打探消息，后来来到了澳门，在一位几个世纪之前的葡萄牙诗人的指示下，去瑞士阿尔卑斯山深处的喇嘛庙，最后来到炎热的那不勒斯海滨。"我"甚至还通过一个狱卒之口，了解了遥远的佛得角，这些大部分都是和葡萄牙相关的地方。

除空间外，小说的时间也呈现出一种异乎寻常的主观色彩。塔布齐并没严丝合缝地把故事的所有信息按照时间顺序提供给你，每个章节都像剪报一样，提供故事的一部分情节，读者要仔细思索，才能看到完整的故事。正如作者在前言里提到的：这本书是关于时间，还有时间留下的懊悔和遗憾，每一个章节都是"曼陀罗"中的圆环。我们对于死者的时间并不熟悉，在作为亡灵的"我"追忆、旅行的过程中，时间在过去、现在和未来之间跳跃。最激烈的一次是"我"回到几个世纪前的澳门，去拜访一位葡萄牙诗人——"行走的幽灵"。他生活在一个靠海的房子里，和他的小妾"银鹰"生活在一起，每日吸食鸦片。这位诗人除了和"我"谈论诗歌，谈论如何跨越时空,他还告诉来自另一个时间的"我",在哪里可以打听到伊莎贝尔的消息。

在我看来,故事发生的真正时间是在六十年代,一切情节都围绕着一场革命和对自由的追寻。伊莎贝尔是那个时代的革命者,"我"、伊莎贝尔还有一个西班牙留学生在里斯本经历了无可复制的青春,与一场暧昧不明的三角恋。所以"我"虽然已经不在人世,在天狼星得到了安置,但我还要打探这个女孩的下落,想知道有没有自己的骨肉在人世。为此,"我"找到了所有与之相关的人:莫妮卡——伊莎贝尔少女时代的朋友,比——伊莎贝尔的奶妈,苔克斯——伊莎贝尔大学时代的朋友,汤姆叔叔——伊莎贝尔在监狱里时的狱卒,蒂亚戈——伊莎贝尔所属秘密组织的接头人,玛格达——秘密组织的领导者。这些人物通过讲述他们和伊莎贝尔的交往,一边重塑了她的童年、少年和青年时代,另一边也给读者展示了那个阶段的葡萄牙社会状况:帝国主义在海外的殖民,以及国内对于专制的抵抗。

塔布齐在这场旅行中也加入了很多人的故事,比如说在阿尔卑斯山上遇到的莉莎，她是一名天体物理学家、一位失去孩子的母亲，她讲述了她在观察天体时的发现，充满了神秘主义色彩。还有在澳门遇到的神父，他对在路环岛上救助麻风病人的日子有一种深切的怀念。塔布齐顽固地对抗着时间，尤其是客观的时间和遗忘。他试图展示一种亡灵的时间、永恒的时间、时间之外的时间，这让整部小说有一种模糊、凌乱的气息。时间和空间的错落与交织让这部小说具有卡尔维诺所说的"繁复"性，也增加了阅读的难度。

正如上面所说，塔布齐和佩索阿、葡萄牙密不可分。这表现在几个方面：对于虚构的热爱，沉迷于审视人的存在，充满一种"怀念"（Saudade）的情绪，这些因素密不可分。而在这几个因素中，"怀念"是最难以理解、传达的。这种"怀念"或者说"乡愁"是葡萄牙文化中特有的一种东西，很难翻译成其他语言，因为它不仅包含对过去的思念，也包含对未来的怀念。显然，我们进入这个人世时，很多事情已经发生了，我们离场时，许多事情也不知道结果。葡萄牙人过去在海上是非常活跃的，他们很多时候都要背井离乡，滋生出的情绪当然也包含着乡愁。因此"怀念"里包含着痛苦，也夹杂着甜蜜，这是塔布齐的小说里可以觉察到的东西。在《寻找伊莎贝尔》中，"我"在寻找伊莎贝尔的过程中，一边是怀念和追忆，一边是想知道她后来发生的事情。

塔布齐在1987年撰写的《最后的邀请》中，解释了这种"怀念"有时候是致命的：

> 关于其他自杀形式，我不想多说。但在结束这篇文章之前，出于对于一种文化的尊重，我还是想提一下。这是一种非常特别、精妙的方式，需要经过训练，也需要恒心和坚持。这就是死于"怀念"（saudade）。这首先是一种精神状况，但如果你愿意的话，这也是一种可以学习的态度。里斯本这座城市，在公共场所总是会放置长椅：海港上，看风景的地方，公园里和海岸上。很多人都会坐

在那里，沉默不语，看着远方。他们在做什么呢？他们在怀念。你们可以模仿他们。自然了，这是一段非常艰难的旅程，不会马上产生效果，有时候需要等待很多年。但我们都知道，死亡也是由等待组成的。

正是这种怀念赋予了塔布齐小说一种特殊的气氛，《寻找伊莎贝尔》里的感情也具有两个方向，同时指向过去和未来：除了揭示对过去的遗憾与执念，也有脱离现实的对未来的想象。作者时常会不失时机地探讨"时间之外"的东西，还有"永恒的时间"。比如说，故事中，神父对"我"的建议："他是一位诗人，也许他能指引你找到你要找的人，因为他和你一样，来自时间之外。"又如，那位叫莉莎的天文学家接收到了仙女座星云发来的信息，那也是来自时间之外。最后，"我"在那不勒斯遇到的提琴师也在强调："近过去时、现在时、将来时，实在不好意思，我不懂动词的时态，无论哪个时态，对我来说都一样。"

葡萄牙的传统民谣"法多"也是基于这种心灵的感伤，散发着强烈的宿命感，它并不克制情感，有一种肆意的浓烈。小说中葡萄牙的风情、葡萄牙的气息和声音也源自"法多"的吟唱。佩索阿的诗歌有时也被法多歌手吟唱出来："葡萄牙的海啊，又咸又涩的海水，饱含着葡萄牙人的悲伤和苦恼。为了驾驭汹涌波涛，有多少母亲把泪水流干，有多少儿女枉然祈祷，有多少姑娘失去恋人……"。作为一个葡萄牙贵族的后裔，伊莎贝尔从小就流露出一种光明磊落、桀骜不驯的性格，这在儿时的伙伴、奶妈和其他人的讲述中都得到了证实。她在大学是一个非常活跃的人物，一方面加入秘密组织，反对萨拉查的专政，在学校食堂搞美国爵士演出；一方面也在家里举办法多聚会，邀请有传奇色彩的法多歌手参加，展现出一个出于过渡时期的女孩敏感、活跃、复杂的灵魂。

　　伊莎贝尔当然是这个故事的灵魂人物，她的灵魂是葡萄牙的灵魂。塔布齐甚至安排她在童年假期去巴塞卢什游玩，并在那里发现当地烧制的一种彩陶公鸡，那正是葡萄牙的象征。这场灵魂的旅程，让人隐约觉得不仅仅是对恋人伊莎贝尔的追寻，更是对葡萄牙的追寻：这个国家的诗人、这个国家的命运、它在海外的扩张、它和别的文化混合产生的一切。

在《寻找伊莎贝尔》中，塔布齐对于自己的隐藏并不是那么用心，小说中的"我"是一个波兰作家、诗人，名叫思洛瓦茨基，也叫"塔德乌斯"，是摄影师用镜头也无法捕捉的"幻影"，一个精神性的存在，他在"还没有反思什么是写作时就已经开始写作了"。为此他向神父忏悔，他通过小说表达了对现实的鄙夷，因为他想象的故事在现实中发生了，而且他左右了事态的发展，这是一个作家的傲慢。但同时"我"也有物质性的需求，需要人世间的粮食，因此作者不厌其烦地描述他与每个人会面时所吃的食物，因为这是人世无法回避的一面。

最后，像在《佩雷拉的证词》中一样，塔布齐在这部作品中也用了悬疑小说的写作模式，这是他脱离佩索阿、自己所特有的写作特点。他通过询问与交谈，把那些隐藏的事实揭示出来，一直到最后找到伊莎贝尔，揭露被现实隐蔽的一面，化解之前的误解，证实所有真相。然而，这场会面最终通过伊莎贝尔之口，揭示了另一个事实："不是你找到了我，而是我找到了你，你找我并不是为了我，而是为了你自己……你想把自己从内疚中解脱出来，你寻找的并不是我，而是你自己，你想找到答案，原谅自己。"这又是塔布齐反复挖掘的主题：对自我身份的追寻。

我想，最让中国读者觉得亲切的还是他对于澳门夜色的描述，无论是白鸽巢公园里的"贾梅士石洞"还是矗立在广场上的"大三巴牌坊"，这些都是真实存在的，而且和文中的描述非常一致，这是塔布齐"魔幻现实主义"的具体体现。另外，读者还有很多问题需要去探索，比如，在瑞士阿尔卑斯山上修行的泽维尔到底是谁？

陈 英

寻找伊莎贝尔

一个曼荼罗 [1]

安东尼奥·塔布齐

---

[1] 梵文,"Mandala" 的音译,又译为"曼陀罗""曼佗罗"等,是一个宗教术语,意译为坛场,以轮圆具足或"聚集"为本意。指一切圣贤、一切功德的聚集之处。曼荼罗花是佛教的吉祥花,相传佛祖讲经时,手拈曼荼罗花,下起漫天曼荼罗花雨,象征宁静安详。——译者注

若按照曼荼罗的推测，这本书是献给一位回忆层面的女士；若出于尘世生活的考虑，此书是献给我的朋友苔克丝——虽说我这样称呼她，但这并非她的真名。此书也献给我的老朋友塞尔乔。

谁人知晓，或许死去的人有另一套风俗。

——索福克勒斯《安提戈涅》

说明

时间会侵蚀生命中的遗憾与执念，但不会改变它们，就像水流会打磨鹅卵石，但无法改变石头的本质——这本书还会涉及一些脱离现实的幻想。但我不能否认，在一个夏日的夜晚，我遇到的一位红衣僧人对此书也有帮助——他用彩色粉末在一块光秃秃的石头上，为我绘制了一幅代表意识的"曼荼罗"。也是在那个夜晚，我终于读了荷尔德林的一本书。这本书在我的行李箱里放了一个月，我一直没机会读。那晚残月消逝之前，我在书上标出了这句话："合乎悲剧的颓丧的时间，其客体当然不是心灵的本真兴趣所在，它以最不合时宜的方式跟随时代精神，于是这种精神表现得狂放，并非像白昼之精神那样护持人们，而是铁面无情，作为永远生生不息、不落言筌的旷野之精神，死者世界的精神。"[1]

大家可能会好奇，为什么一个年逾五十的作家，在出版了许多书之后，仍觉得有必要解释自己为什么写作？我自己也感到好奇。这可能是因为我还没化解内心的矛盾，不知道这是源于对世界的负罪感，还是因为没有将生死看透。当然也有其他可能。我想强调的是，那个夏夜，我幻想自己飞向那不勒斯，因为在那遥远的天空中有一轮圆月。那是一轮红色的月亮。

安东尼奥·塔布齐

---

① 选自戴晖译《荷尔德林文集》，商务印书馆，1999。——编者注

目录

第一个圆形。莫妮卡。里斯本。召唤[①]

<hr />

① Evocation，在西方神秘学中指召唤灵魂、恶魔、神或其他超自然力量的行为。

我这一生从未去过塔瓦雷斯。塔瓦雷斯是里斯本最豪华的餐厅，里面保留着十九世纪的镜子，还有包着丝绒的椅子，在那里人们可以吃到世界各地的珍馐佳肴，当然也有葡萄牙特色菜，但这些地方菜也改良了，做得十分精致。比如你点了蛤蜊炒肉，这是葡萄牙中部阿连特茹的传统美食，但厨师会像巴黎菜那样去做。这都是我听别人说的，我还从未去过这家餐厅。我乘公交车来到了因滕登特广场，广场上到处是妓女和拉皮条的男人。那时是午后，我到得太早了，距离晚饭还有些时间。我走进一家我熟悉的咖啡馆，里面有台球桌，我在那里看别人玩球。一位瘸一条腿的老人正拄着拐杖打球，他眼睛是浅色的，头发花白，一根根竖在头上。他易如反掌地战胜了周围所有人，然后心满意足地坐在椅子上，用手轻抚肚子，好像刚吃饱一样。

　　朋友，你想玩吗？老头问我。不了，我回答说，和你玩我肯定会输，但如果你愿，我们可以赌一小杯

3

波特酒，我想喝一杯开胃酒，要是你愿意，我也可以请你。他看着我，笑了一下。听你口音怪怪的，他问，你是外国人吗？算是吧，我回答说。你从哪儿来的？他问。从天狼星来的，我回答。我不知道这个城市，他问，属于哪个国家？属于天狼座，我说。我没听说过，算了，他说，现在世界上涌出那么多新国家，真是搞不清楚。他用台球杆搔搔脊背，又问，你叫什么名字？我叫瓦克劳，我回答，这是我受洗时的名字，朋友都叫我塔德乌斯。他脸上疑惑的神情消失了，流露出一个灿烂的微笑。他说，你受过洗礼，因此你是基督徒，还是我请你吧，你想喝点什么？我说，我要一杯波特白葡萄酒。他唤来了服务员。我知道你需要什么了，这个身材矮小的老人继续说，你需要一个姑娘，这儿有个十八岁的非洲女孩，要价很低，她昨天刚从佛得角①来，基本还是处女。不必了，谢谢，我说，过一会儿我就要走

---

① 佛得角共和国，简称佛得角，位于非洲西岸的大西洋岛国，独立前是葡萄牙的殖民地。

了，我得找一辆出租车，我晚上有个重要约会，这会儿没时间找姑娘。哦，他一脸困惑地盯着我。他问，那你到这里来找什么？我点燃一支香烟，沉默不语。其实，我确实是来找一个女人的，我最后说，我来打听她的消息，正好在这里逗留一会儿。晚上我约了一位女士，她也许能给我提供一些消息，我不知道她会告诉我什么，我很好奇。好吧，现在我该走了，车站那儿正好有辆空出租车，我要赶紧过去。

等一下，他说，你为什么要找这个女人，你想她？也许吧，我回答说，我和她断了联系，所以我特地从天狼星来找她，想打探她的消息，为了这个目的，我才会赴晚上这个约会。约会地点在哪里？他问我。在里斯本最高级的餐厅，我回答说，那地方金碧辉煌，有许多镜子和水晶装饰。我从没去过那家餐厅，我想应该会破费不少，反正不用我付钱，我还有什么可奢望的呢，朋友？我请假出来，口袋里又没有几个子儿，让别人请吃饭也不错。那是法西斯的地盘吗？老头儿问。那我就不知道了，我回答。说实话，我没往那方面想。

我起身与他告别，急忙走出咖啡馆。那辆出租车还停在原地。我坐进车里，说："晚上好，去塔瓦雷斯，谢谢。"

　　我和伊莎贝尔相识于里斯本的"圣爱之奴"女子寄宿学校。那年我们十七岁，伊莎贝尔是班上的传奇人物，因为她来自法语高中。在那个时代，大家都知道，法语高中是一个富有反叛精神的地方，那些因反法西斯立场、无法在公立高中立足的老师都在那里教书。在法语高中读书意味着认识世界，去巴黎游学，具有欧洲视野。而我们却来自公立高中——狗屎一样的学校，原谅我的措辞——我们要学习《萨拉查宪法》[1]和葡萄牙的河流名字，还有《卢济塔尼亚人之歌》——这部葡萄牙史诗被切分成了好几个部分。明明是一首关于大海的优美诗歌，却要断章取义，像非洲战争一样来学习，显得

[1]《萨拉查宪法》：指安东尼奥·德·奥利维拉·萨拉查任葡萄牙共和国总理时，于1933年制定的宪法。——编者注

很傻。那时葡萄牙有许多殖民地，但大家不说"殖民地"，而称之为"海外"。多好听的名字，对吧？有人因为在海外的活动而发了横财，可以说，这种情况在我同学的家里非常普遍，一般这些家庭的女孩会在寄宿学校读书，她们的父母都是骁勇善战的萨拉查分子，或狂热的法西斯分子。可我们的父母却不是——我是说我父母还有伊莎贝尔的父母。或许正因为我们家庭背景相似，我俩成了好朋友。

她来自一个古老的家族，一个没落的葡萄牙贵族家庭，和萨拉查分子没任何关系。她家在北方阿马兰特有一处地产，该地区出产各种奇形怪状的面包。但就像我说的，伊莎贝尔家是个无权无势的家族，地产都租给了佃户或农场主，也没什么收入。在阿马兰特，在伊莎贝尔家的房子里，我们一起度过了几个暑假。那不是一座房子，而是一座中世纪花岗岩塔楼，里面有数不清的老物件和五斗柜。塔楼面朝河流，我们夏天在那儿很快乐，日子非常幸福。伊莎贝尔喜欢戴一顶草帽，那顶帽子衬得她的鹅蛋脸更可爱，那是她家人在托斯卡纳① 旅游时买来送给她的。她那时爱画画，坚信自己会成为画家。她画窗户和百叶窗——关着的窗户、百叶窗开着的窗户、带窗帘的窗户、带铁栅的窗户，总之就和杜罗或米尼奥的窗户一样，装有漂亮的木窗扇，有时还挂着亚麻布窗帘。但她从来不画人。人物会破坏神秘感，她说，你看，我画的那扇窗户，没人时，看起来多么神秘，可一旦我画上那个从窗内探出头的家伙，神秘感就会马上消失。她说的是阿马兰特的兽医。他留着短短的山羊胡，为了保持发型，他睡觉时会戴着发网，你都能想象到他走到窗前做俯卧撑的样子。你知道吗，昨天我在画他家的窗子，他探出头来，在窗台前挺着胸脯，假装没看到我，其实他看得一清二楚。可他只是凝望天空，做出一副若有所思的样子。很显然，他为能进入我的画中而扬扬得意，可我根本就没画他。

我们经常出去散步。那条河从阿马兰特流出后停

---

① 托斯卡纳：托斯卡纳大区位于意大利中西部，该地区首府为古城佛罗伦萨。——编者注

滞不前，就形成了一些积水潭，里面有很多青蛙。早上，通常我们都在捕捉青蛙。但在葡萄牙，大家都不擅长捉青蛙，因为葡萄牙人不吃青蛙。我们俩想到了一个捉青蛙的方法，就是像小孩捕蜥蜴那样。我们拿一根新鲜芦苇，打个活结，把活套放在青蛙的脑袋上方，等它一跃而起时，一下就把它套住了。那时候还没有塑料袋，我们用一个买东西用的网袋装青蛙，青蛙的脑袋会从网眼中伸出来。我穿着长裤，伊莎贝尔戴着从佛罗伦萨买的草帽，两人抬着一个装满青蛙的网袋，从阿马兰特招摇过市，真算得上是一大奇观。大家都觉得我们疯了，可我们就喜欢这样，那个年龄的孩子就喜欢干这些。

晚上，我们要把青蛙杀掉，伊莎贝尔拒绝干这活儿，所以任务就落到了我头上。杀青蛙时，你要干脆利落一刀剁下脑袋，没头的青蛙会继续蹬腿，几分钟后生命力才会耗尽。你看，伊莎贝尔说，如果有一天我自杀，我一定也会这样，两腿扑腾一下。人虽然不能把自己的脑袋割下来，却可以上吊，死的时候和青蛙类似，在空中蹬几下腿儿就死翘翘了。我们照普罗旺斯人的做法烹饪青蛙，伊莎贝尔很喜欢吃，她上法国高中时去阿尔①生活了一段时间，吃过普罗旺斯口味的青蛙，是用大蒜和香菜煮的。她说，那是世界上最好吃的一道菜。但普罗旺斯青蛙，我们很快就吃腻了——那些青蛙腿颜色发白，看起来很瘆人，几乎没什么味道；我们吃青蛙肉，而伊莎贝尔的家人却吃烤羊羔肉和葡萄牙炒面。那个年龄的孩子胃口都很好。自然很容易将你在普罗旺斯吃到的异域食物说成神话，但吃完我们很快就饿了。后来，我们把青蛙放生了，花园里到处都是青蛙——草丛里，灌木丛里，金鱼缸里，一簇簇竹子里全是青蛙。

很幸运，伊莎贝尔的父母都是很风趣的人，青蛙的入侵并没有让他们烦恼。他们总是很愉快，很开朗，也很善解人意。后来他们死于一次交通事故，但这是后话了。现在我们接着说——星期五我们一般会去巴塞卢什②，那里有整个地区最盛大的集市。可能你无法想象

---

① 法国东南部城市。
② 位于葡萄牙北部布拉加区的一座城市。

那时乡下的集市到底有多盛大，也可能你也有过这方面的经历。我们乘早班公交车到达布拉加①，再换乘另一辆开往巴塞卢什的车子，到站时差不多是中午时分。大家会逛一会儿，看看集市上的陶器。众所周知，巴塞卢什特产一种烧制的彩陶公鸡，那是葡萄牙的象征，还有很多用白垩土制成的小玩意儿——娃娃、民间小雕像、耶稣诞生雕像、乐队、猫、水壶和茶碟。逛完这些我们就去吃午饭。

我们总是去便宜的小饭馆吃饭，店里挤满了集市里的顾客和商贩。从米尼奥②各地赶来的老头老太太，有的是为了买一只母鸡，有的是为了买一只小公鹅或一头奶牛。最引人注目的是那些贩子，他们脖子上围着丝巾，喝着新酒。他们看起来很有意思，在餐桌上也能像在集市上那样放声喊叫，挥舞胳膊，大汗淋漓。巴塞卢什天气炎热，空气中混杂着饭馆里食物的味道、广场

① 葡萄牙北部城市，布拉加区首府，葡萄牙第三大城市。
② 米尼奥曾是葡萄牙北部的一个省，建于 1936 年，1976 年解体，首府为布拉加市。今日为北部大区的一部分。

上牲畜的臭味，对于我和伊莎贝尔来说，这都太新奇了。我们在里斯本大都市里上了一年学，乡下集市热闹的场景让我们很兴奋。那些贩子太会招揽顾客了，我们俩也想买些什么。有一天我们买了一只小山羊。那是一个温驯的小家伙，黑白花色，口角处长着黑色的斑点，四肢柔软。我们把它放进篮子，乘公交车带回了家。它还没断奶，我们就用奶瓶喂了它几天牛奶。我们把小羊羔安置在花园里，用树枝为它搭了一间小屋。早上出门买东西时，我们用绳子牵着它。你真不知道小镇里的人用什么眼光看我们——我穿着长裤，伊莎贝尔戴着从佛罗伦萨买来的草帽，但现在我们手上没提着装满青蛙的网袋，而是牵着一只小山羊。更引人注目的是，伊莎贝尔在面包店买那种阳具形状的面包——那是阿马兰特特有的面包，女佣会买来给我们做面包片，而我们买它只是为了招摇过市，购物袋里塞满了这种条状面包。当时真是惊世骇俗，所有人都看我们，连那个爱锻炼的兽医也不再把头探出窗外了。不管怎么说，这是我们的消遣方式。

后来，高中时代的夏天结束了，我们上大学了。或者更确切地说，这样幸福的夏天结束了，因为伊莎贝尔的父母去世了，就像我刚才说的，他们出了车祸。伊莎贝尔的爸爸午饭吃得太饱，又喝了很多酒，午饭后他们在波瓦—迪瓦尔津[①]的公路上出了事。没人知道责任在谁身上，因为两车是正面相撞的。我觉得原因出在伊莎贝尔的爸爸身上，他一定是喝多了，他爱喝酒，这点我清楚。他们没有当场死亡，他和妻子昏迷了三天，后来双双死去。听起来好笑，对吗？他俩一起陷入昏迷，后来同时死去，因为做什么也没用了：他们的心脏已经停止跳动，医生便拔掉了管子。事情就是这样。

在波尔图[②]医院的重症监护室里，我和伊莎贝尔守了三天三夜。一位护士小姐暗中帮助了我们，让我们在旁边一个小休息室里睡觉，我们时不时会去病房看看。爸爸，爸爸，是我啊，伊莎贝尔说，妈妈，你听到我说

① 葡萄牙北部城市，位于米尼奥河和杜罗河之间。
② 葡萄牙西北部城市，葡萄牙第一大港和第二大城市。

话吗？你还记得那些青蛙吗？我和莫妮卡一起捉青蛙，把它们带回阿马兰特的家里。起来吧，明年夏天我们还会去捉青蛙。求求你，妈妈，你醒醒，赶紧从这该死的昏迷中清醒过来吧。我想看你对我微笑，就像从前一样，教我怎样穿衣服，我想听你骂我，就像以前因为我不像你所期望的那样完美①。我想听你骂我，妈妈。

然而，无论是妈妈还是爸爸，都没法再斥责她了。他们双双死去，正如我说过的，他们是同时死的。后来我们安排了葬礼。伊莎贝尔把他们葬在同一个墓里，墓地在阿马兰特附近一个小村庄里。葬礼是十月一个大晴天举行的，那天阳光和煦。伊莎贝尔穿着深蓝色的裙子，我穿的是一条米色裙子，显得比她成熟。从墓地回来的路上，伊莎贝尔对我说，你看，他们走了。莫妮卡，你知道吗，我们捉青蛙，在巴塞卢什吃饭的夏天也结束了。童年结束了，他们不在了，我成了孤儿，我觉得你也有点像孤儿。事实上，我也觉得自己有点像孤

---

① 原文为法语。

儿，伊莎贝尔的父母是真正的父母，而我的父母从来都不像父母。我父亲总是开着他的梅赛德斯－奔驰四处奔波，至少家里人都这么说。我母亲有自己的朋友，也有很多事情要忙。因此我觉得，在某种意义上我也是个孤儿。河边的郊游、阿马兰特的老房子、梦幻般的夏天———切都结束了。

我和伊莎贝尔在大学里重逢了，但一切都不复从前了。我注册了里斯本大学古典文学专业，这在当时人们的观念里，无疑是一个保守的选择。事实上，选择古典学科的学生什么活动都不参加，他们从来不举行集会，甚至连食堂也很少去，因为那里是人们讨论问题的场所。伊莎贝尔选了外语专业。外语系充满活力——一位教授开设了加缪和存在主义的课程，另一位教授讲授葡萄牙超现实主义，还有那些站在时代最前沿的诗人来大学朗诵他们的诗歌，现在我已经不记得都有谁了，都是当时很有名的诗人，那些朗诵会场面十分壮观，大礼堂里挤满了人。我记得伊莎贝尔成了学生领袖，她向同学们介绍来大学办讲座的诗人，有的学生甚至坐在地板上。那些诗人不会直接抨击法西斯，但他们的诗歌却具有摧枯拉朽的精神，在某种意义上还具有革命性，当然是带引号的"革命性"，因为那个时代一切都带着引号。

伊莎贝尔出现在主席台上，她围着一条粉色围巾，那也是一种标志——那个年代不能使用红色，大家就选择和红色相近的颜色，粉色也是一种象征。见到伊莎贝尔出现在讲台上，我觉得奇怪。她从容地发表讲话，但从声音里能听出她有点儿紧张。她读了诗人的生平事迹，接着说：两位自由诗人的到来，给我们带来了荣耀，因为眼下自由诗歌已经成为禁忌。这时礼堂里爆发出雷鸣般的掌声，一位诗人站起身来，读了一首超现实主义诗歌。在诗中，他嘲讽了资产阶级的价值观，会场气氛沸腾起来。接着另一位诗人登上主席台，读了一首向加西亚·洛尔卡[1]致敬的诗。我们都知道，洛尔卡被法西斯分子残杀了。现在看来，这种聚会可能很好笑，但在那个年代，这可是伟大的政治活动。或许您比

---

[1] Federico García Lorca，二十世纪最伟大的西班牙诗人。

我更清楚，葡萄牙是一个被欧洲遗忘、同时也遗忘了欧洲的国家。我们困在一个死胡同里，像待在发霉的修道院里，而看管这个修道院的人是安东尼奥·德·奥利维拉·萨拉查。当时的社会状况也像修道院——信念、习惯和仪式，年轻人在某个朋友家中的会面，进行压抑而伤感的社交活动。

有时伊莎贝尔会在她家里搞"高贵的法多"①聚会，就像您所知道的，这也是伊莎贝尔身上有些矛盾的地方。她一边在学校里参加革命分子的集会，一边又在家里搞贵族式的法多聚会。我喜欢这类传统聚会，有时我也会去。我记得有一次，特丽莎·德·诺罗尼亚也来了。她出身于古老的贵族家庭，在我们眼里，她就是个传奇人物。她用骄傲的声音唱着历史悠久的法多，客厅桌子上放着一盏烛台，伊莎贝尔点燃上面的蜡烛，每人都拿着一杯波特酒，忧伤地聆听歌手所唱的歌词。高贵的歌

---

① 法多，意为命运或宿命，或称葡萄牙怨曲，是一种音乐类型。法多具有着悲恸的曲调与歌词，其通常都与大海或贫困人生有关。

手披着披肩，所有人都心怀敬意地围在蜡烛四周，喝着波特酒。所有人都意识到我们在举行一种仪式。但与此同时，在伊莎贝尔家的聚会之外，外面的世界在继续向前发展，我们却全然不觉。

伊莎贝尔身穿淡紫色毛衣，这是奶妈给她织的。她的奶妈是个年纪很大的老太太，从伊莎贝尔一出生就开始照顾她。伊莎贝尔的父母死了之后，奶妈一直在照顾她，她是下贝拉①人，虽然在里斯本生活了多年，却还是带着一口浓重的方言口音。她很了解伊莎贝尔，在伊莎贝尔最困难的那几年，她一直陪在身边。我好像扯远了？那就随便聊聊吧。您可以去找她奶妈打听消息，那段时间我对伊莎贝尔了解不多，很多事也只是道听途说。我听说过那段爱情故事，但我再强调一下，实际上那时我们已经断了联系。

我感觉那段感情简直要把她毁了，一切都从那里开始，我是说这是她命中注定的一劫。但这都是我道听

---

① 葡萄牙历史省份之一，今属中央大区。

途说的。她好像在大学里结识了一个外国男孩，现在我已经不记得他的国籍了，好像是安达卢西亚①人，但我唯一能确定的是——他当时有奖学金。他和伊莎贝尔总是形影不离，我看见过几次。现在想想，他应该是西班牙人，已经过去了这么多年，我实在记不清楚了。有一次我们一起去"托尼牛排"吃晚饭，那是萨尔达尼亚附近的一家小餐馆，价格非常实惠。吃一顿饭花不了几个钱，饭菜算不上美味佳肴，但分量很大，伊莎贝尔和她男朋友是那儿的常客。那晚的情形我记得很清楚，伊莎贝尔当时很兴奋，因为在隔壁桌坐着一位大作家，还有《年鉴》杂志的所有编辑。这些编辑经常在"托尼牛排"聚会，那时《年鉴》是一份惊世骇俗、备受追捧的杂志，因为它讽刺一切人和事——祖国、国家机构、资产阶级、传统和葡萄牙引以为傲的航海发现。那是一份非常大胆前卫的杂志，伊莎贝尔那时还年轻，她不想随波逐流、遵循常规。后来那位作家看到我们这一桌有个外

---

① 位于西班牙南部的自治区。——编者注

国男生，就向他打招呼，并起身来到我们的餐桌前，热情地向我们伸出了一只手。作家身材矮小结实，一副农民的模样，见到他，你无法想象他居然能写出那么高雅的作品，但作家经常会给人这种错觉。我们正在吃鸡蛋牛排，这是餐馆里最便宜的一道菜，作家问我们是否愿意到他那桌，大家一起吃饭。我们端着盘子过去了，这时候《年鉴》的编辑递给我们一盘鸭肉米饭，说年轻人要长身体，要多吃一些。

作家和外国男孩谈起了维托里尼[1]和意大利的新现实主义，伊莎贝尔时不时会插几句——她读过《是不是人》（*Uomini e no*），她很赞赏意大利的抵抗运动。现在我可以很确信地说，伊莎贝尔的男朋友是西班牙人，他有着安达卢西亚人的典型外貌：乌黑的头发，尖尖的鼻子，就像西班牙的吉普赛人和犹太人。把葡萄牙女孩称为"寄生虫"，作家马上借机引出于萨——卡尔内罗[2]

---

[1] 埃利奥·维托里尼（Elio Vittorini），意大利作家，新现实主义代表人物。——编者注

[2] 原文，葡萄牙诗人、作家。被认为是继费尔南多·佩索阶之后最伟大的诗人。——编者注

的话，这位葡萄牙诗人也称资产阶级为寄生虫，说得更具体一点，他们简直是虱子。那个夜晚在一场关于"寄生虫"的谈话中结束了，每个编辑都列举了一种寄生虫。在收音机上收听足球比赛转播的人是寄生虫，星期天去沙滩的人是寄生虫，吃干鳕鱼的人是寄生虫，向神父忏悔的人是寄生虫，穿深色衣服的人是寄生虫，早起的人是寄生虫，在高级餐厅里吃饭的人是寄生虫，写日记的人也是寄生虫，诸如此类。那是一个寄生虫学说之夜。我们走出餐馆后，伊莎贝尔问我，我们当中谁最像寄生虫。我不假思索地说，是我。这是事实，我是最典型的资产阶级，我习惯于之前的传统。伊莎贝尔很早就走上了自己的路，和我分道扬镳了，她几乎变成了一个陌生人，连我都认不出她了，或许我们之间已经没有共同语言了。

也正因为如此，发生在她身上的事情并不是她告诉我的，正如我之前所说，是我在大学里听别人说的。在我看来，这些都是风言风语。人们都爱说闲话，尤其是在那些年，流言蜚语传播得很厉害。我听说，那个西班牙男生有个朋友，好像是一位波兰作家，后来伊莎贝尔也认识了这位作家。于是，他们产生了一段友情——三个人的友情。我觉得他们并没有跨越友情的界限。他们一起去埃里塞拉①野餐，星期天坐渡轮去塔霍河②，为了避免像资产阶级那样生活，他们和那些寄生虫保持距离。我觉得伊莎贝尔这样做，就是为了不变成"寄生虫"，为了展示她是一位自由女性，但或许她并不是那种自由女性——并没有那么开放，谁知道呢。总之，我在学校里听到了一些闲话，事情好像后来变得很复杂。我说好像是这样，因为我并不是很确信。这是一个和伊莎贝尔不怎么熟悉的女生悄悄告诉我的。这女生是个共产党员，伊莎贝尔和她来往，很可能是为了摆脱自己"寄生虫"的身份。那个女生除了是狂热分子之外，她还和当时很多党员一样，也是个道德主义者。她

---

① 葡萄牙西部海岸的一个民间教区和海滨度假 / 渔业社区，位于里斯本西北35公里的马弗拉市。——编者注
② 塔霍河，也称塔古斯河或特茹河，是伊比利亚半岛最长的河流。——编者注

对我说，伊莎贝尔好像怀孕了，但不知道是那个西班牙人的还是波兰人的。后来这个女生告诉我，伊莎贝尔参加了共产党，就不怎么露面了，她过着半地下的生活，为《前进报》写稿子，笔名好像是"玛格达"，或者一个类似的名字。但伊莎贝尔能为共产党的报纸写什么呢？我问那个女生，以她的童年、出身，还有她一直过的生活，她能写些什么呢？那个蠢货回答我说，她为那些追求民主的青年写倡议书，她成了这份报纸最重要的思想家，她的文章就像鞭子一样，鞭挞这个世界的不公正。她一呼百应，她是一个伟大的朋友，现在却陷入了麻烦。可我那时已经和伊莎贝尔断了联系。

这个女生时不时会告诉我一些伊莎贝尔的消息，但后来她去了安哥拉 ① 参加解放运动，我再没见过她，这对她来说是好事。我一点也不记得她的名字了，她好像是叫法蒂玛。她对我说，你知道吗，伊莎贝尔最后决

① 非洲西南部国家，曾是葡萄牙最富庶的殖民地。1974 年 4 月 25 日里斯本爆发"康乃馨革命"，新成立的政府实行非殖民化政策，向安哥拉三政党联盟移交权力。但联盟很快瓦解，安哥拉陷入内战。——编者注

定堕胎，所有人都抛弃了她，除了她奶妈还有我们这些党内的同志，但她奶妈完全不知道这段糟糕的经历。我对她说：朋友，我觉得你有点蠢，我比你更了解伊莎贝尔，你给我讲的这些故事，好像来自你生活的地下。伊莎贝尔根本不是这样的，她不会鬼鬼祟祟，她做事从来都光明正大，你，还有你的那些思想，赶紧滚蛋吧！此后，我再也没有见过那个愚蠢的共产主义女孩。

然而不久之后，她又告诉我：伊莎贝尔陷入了抑郁，好像是她面对的处境让她陷入了抑郁，我现在找不到她。她好像去北方一个小城生活了，你知道怎么能找到她吗？我给阿马兰特的奶妈打电话，想打听伊莎贝尔的消息，但奶妈告诉我，伊莎贝尔不在阿马兰特，她也不知道伊莎贝尔在哪里。奶妈接着对我说，莫妮卡，亲爱的莫妮卡，如果你能打听到伊莎贝尔的消息，请告诉我，我非常惦记她。我本来想通知警察，但她的几个我不认识的朋友打来电话说，就算联系不上她，也不要通知警察，好像事关生死。我非常担忧，想知道我的伊莎贝尔怎么样了。我不知道她在哪里，也不知道她在做什么，我简直担心死了。打完那通电话，我要急死了。伊莎贝尔出了什么事儿？她到底去哪里了？她为什么不露面？还有，那个女生给我讲的事是真的吗？如果是真的，伊莎贝尔现在需要人帮助她、陪伴她、安慰她。我是唯一能安慰她的人，我是她真正的朋友，从小的朋友，难道她真的忘了我们的友谊、阿马兰特的夏天和那些青蛙了吗？

就这样，我开始努力打探她的消息。我联系上了一位男生，他是那个给我通风报信的白痴女生的朋友——她已经去了非洲。这个男生已经开始秃顶，从来都不去上课，无法按时毕业，可总是去食堂吃饭。他从事地下活动——事情太明显了，警察却还没有怀疑他，真是让我很惊讶。警察看似消息灵通，实际上很蠢，他们不了解大学的情况，没盯上这个男生。有一天我在食堂拦住他，我站在他身后对他说：我是伊莎贝尔的朋友，我想知道她到底怎么样了。我们当时正在取自助餐。他没有回应——可以看出这个男生已经习惯了这种地下接头。他转向柜台的服务员说：我不想吃咸鱼，请给我一份香菜鳕鱼。然后他像仍在和服务员说话似的，继续说：伊莎贝尔心理出了问题，她在一个秘密的地方休养，我不能告诉你联系方式，抱歉。去你妈的。我一边取菜，一边回应了一句。这是我最后一次听人谈到伊莎贝尔。因为一个星期后，《新闻日报》[①]——唯一的早报发布了一则公告。公告上写着：上帝召唤他喜爱的女儿伊莎贝尔·奎罗兹·多·蒙特去天国服侍他，请亲朋好友于明日——四月十八日上午十一点，在卡斯凯什的恩卡尔纳索教堂参加她的第七日追思弥撒。

第二天我去了卡斯凯什。那天天气格外好，我穿过整个港湾，来到一家咖啡馆歇脚。我去早了，要等一会儿。港湾里停满了为比赛做准备的帆船。我走完整个海岸线，抽了一支烟，心里想着伊莎贝尔，为参加葬礼做心理准备。我来到恩卡尔纳索教堂，这是一座小教堂，从那里可以看到卡斯凯什的全景。教堂前有一个小

[①] 葡萄牙《新闻日报》(Diario de noricias) 是里斯本市的传统日报，创办于1864年，在该国颇具影响力，主要提供政治、经济、体育、科学、艺术等方面的报道。——编者注

贩，推着手推车在卖海鲜。我买了一些坐在石头长凳上，边吃边等。差一刻十一点时，我发现仍然没人来。我吃着海鲜，又等了一会儿，最后进了教堂。恩卡尔纳索与其说是一座教堂，不如说是水手临时祈祷的地方。教堂里有一些前人留下的还愿物，布道台上是一幅圣母画像，那是古代水手在旅行中画的。我坐在布道台前的凳子上等待着。

十一点钟，本堂神父来了，一起进来的还有两个年轻助理。神父开始做弥撒前，向我一个人说明：这是为我们的姐妹——伊莎贝尔做的第七日追思弥撒，上帝已经把她召唤到了自己身边。弥撒过后，他便走进圣器收藏室，我追上他说，神父，我是伊莎贝尔的朋友，我想知道她是怎么死的。他目瞪口呆地看着我，回答说：我什么也不知道，我只是接到了这个任务，给她做第七日追思弥撒，我不知道她是怎么死的。您也不知道她葬在哪里吗？她的这些朋友是什么人？我问他。我不知道，他说，我真的不知道。那您认识伊莎贝尔吗？我问他。我当然认识她，他回答说，她小时候我就认识她了，最近一段时间她还来忏悔过。她对您说了什么？我问。这我不能告诉你，他回答我说，孩子，这是忏悔者的秘密。那您知道她是怎么死的，还有她的遗体葬在哪里吗？我问他。他脱掉披肩，用难过的表情看着我。我不知道，他回答说，我什么都不知道。别人告诉我她死了，我相信这是真的。她的大学同学打电话给我，并为第七日追思弥撒布施了一小笔钱，但我没见到她，我也不知道她葬在哪儿。我不知道你为什么要问我这个问题，她的朋友应该知道她葬在哪里，难道你不是她的朋友吗？我是她的朋友，我回答说，但最近一段时间，她在和一些行踪隐秘的人交往，神父，您知道这个国家的现状，我什么也打听不到。

出教堂后，我来到卡斯凯什的港湾。已经过了正午，四月的太阳耀眼。我来到一家餐厅，点了一份烤鱼，服务员把鱼端上来，问我是不是想去"地狱之口"参观。我回答说，我不喜欢参观。关于伊莎贝尔，我就知道这么多了。有传言说她自杀了，但那些话都不可信，他们的消息来源和我差不多。那个秃顶的男生消失了，而那个女党员——正如我所说，她去了安哥拉。唯一能告诉您更多事情的人，是伊莎贝尔的奶妈——比阿特丽斯·特谢拉，伊莎贝尔叫她"比"。如果她还活着的话，应该还住在原来的地方，在特拉韦萨·达·帕尔梅拉。门牌号我不知道，但那条街上的人都知道她住哪儿，都会给您指路。我是说，如果她还活着的话。其他事情我就不知道了。

第二个圆形。比。里斯本。方向

我之前在阿马兰特的家里从未见过您，您又坚称认识伊莎贝尔，这就意味着您是后来才认识她的。那时她已经长大成人了，但对我来说，她永远都长不大，她一直都是我的小女孩。我叫比阿特丽斯——比阿特丽斯·特谢拉，但她叫我"比"，我一直都是她的"比"，她从小时候开始，都一直这样叫我：比。我现在还记得她童真稚嫩的声音，尤其是她生病时：比，比，我需要你，你来陪陪我嘛，我想要我的比。我就爬上楼梯给她送一个玩具、一杯鲜榨橙汁或者我亲手做的点心。她从小就爱生病，她有哮喘病。这真是一个悲剧，因为哮喘没法治愈，与其说这是病，不如说这是一种病症，好像没什么解决办法。她母亲很绝望。我自作主张给她找了一个医生，采用的是顺势疗法。那个医生是我一个表兄的儿子，是个好小伙儿。他在圣母玛利亚医院工作，是一位普通医生，但下午他会按照自己的方法给人看病。他探望过伊莎贝尔，他说：这是一种精神性哮喘，这个小女孩有心理问题，我不知道是什么问题，得找一位心理医生，可以解决精神方面的问题。后来我就充当起了她的心理医生，我很了解她，我也知道问题在哪里。她父亲经常不在家，那时候他永远都不在家，他总是在巴黎，就算他在家，也像不在一样。伊莎贝尔总是缠着我问：比，爸爸来信了吗？比，爸爸来电话了吗？比，爸爸什么时候回来？她想念父亲，跟所有那个年龄的小女孩一样，有点爱慕自己的爸爸。可怜的男人，他也情有可原，在阿马兰特的资产已经入不敷出了。一个巴黎的朋友建议他入股一家法国公司，那家公司在和葡萄牙做进出口生意。那时他已经卖了几公顷土地，忙着养家糊口，他总不在家大家有目共睹。伊莎贝尔的母亲也没给孩子多少关爱，她总是忙于教区的事务。那时有这样一件事情，在里斯本一个富人区的教堂里，有个神父义无反顾地反对主教，因为主教是个狂热的法西斯分子，真是让人绝望！那时候，违反主教的命令可是件疯狂的事，因为主教和萨拉查完全是一个鼻孔出气，他们俩一起长大，萨拉查就是他的后台。毫无疑问，这位本堂神父是个正直善良的人，当然也有些自负。他开始了堂吉诃德式的斗争。在一个天气晴朗的日子，秘密警察来到教区，对他说：请跟我们走一趟。里斯本的一些阶层开始骚动不安，因为一旦动了那位神父，便意味着动了某些主宰着公众舆论的天主教徒。这是什么世道啊！那些天主教徒想知道，为什么这位神父会锒铛入狱？难道是因为他在布道台上发表了反对法利赛人①的言论？明明《福音书》中也有这些话。于是大家自发建立了一个捍卫他的组织，其中一个团体的发起人就是伊莎贝尔的母亲。可能是因为她有点喜欢这个神父吧。他是个英俊的男人，这一点我不否认。他身材高挑，有着橄榄色的皮肤，一头油亮乌黑的头发。有时他来家里喝茶，伊莎贝尔母亲对他简直太周到了。他被捕的消息传来时，太太犹如遭到了晴天霹

---

① 法利赛人，古代犹太教一个派别的成员。该派标榜墨守传统礼仪，基督教《圣经》中称他们是言行不一的伪善者。

雳。我对她说，亲爱的太太，现在就是这世道，逮捕一个人简直太正常了。佩尼谢要塞[①]里关满了政治囚犯，整个国家有一半人都在监狱里。亲爱的太太，或许监狱里也需要神父，能让他们忏悔，安抚他们。但伊莎贝尔的母亲不这样认为。白天她一直在打电话，联系她的女性朋友、委员会和教区的秘书处；到了晚上，她会去一个女性俱乐部参加聚会。俱乐部在路易公爵大道那边，里斯本的贵妇常在那里聚会，她每天都回来得很晚。伊莎贝尔每晚都和我在一起，她害怕上床睡觉，我只好哄她躺下。但她不想听睡前故事，而且她那时也不是小宝宝了，她已经是小姑娘了，非常漂亮的小姑娘。她会对我说一些奇奇怪怪的话。她说：大人总是会找情人。爸爸有没有情人，谁知道呢，或许他已经在巴黎找了一个情妇。妈妈呢，她找了个理想情人，可她永远没勇气和他做爱，因为那是一个

---

① 佩尼谢要塞位于葡萄牙莱里亚区的佩尼谢市，建于阿托格亚达巴雷亚城堡（Castle of Atouguia da Baleia）遗址上。该要塞在葡萄牙第二共和国时期曾作为政治监狱。——编者注

只想着法利赛人的神父。在我看来，他就是个十足的笨蛋。我对她说：伊莎贝尔，你还是个小姑娘，不应该说这种话。她回答我说：比，你一直和我们生活在一起。我肯定，你从没认识过什么男人，也没有情人。可等我长大了，我会找个情人，我会选一个傲慢的男人，就像妈妈认识的那些男人一样，我会让他疯狂地爱上我，然后让他痛不欲生。我对她说：你不应该对我说这些，你还是个小姑娘，这些是大人的事情，你是我的小可爱，伊莎贝尔，不要去想这些事情。她坚持说：这不是真的，我差不多已经长大了，我一定会找个情人，让他痛不欲生。您看，这就是我的伊莎贝尔。

　　她一口气讲了这些，最后沉默下来，看着我。直到那时，我才意识到她年龄应该很大了。她是一个风烛残年的人，依然保留着过去的记忆。

　　亲爱的比阿特丽斯太太，我说，您的故事令人感动，我知道您对伊莎贝尔感情很深，但这对我来说还不够，我还想知道其他事情。她用怀疑的眼神看着我。我不知道我还能告诉您什么，她回答说，我只是她的奶妈。作为她的奶妈，您不可能不知道她受警察通缉的事儿，我说，而且是严重的问题，那可是政治警察。奶妈看着我，眼神更加怀疑。是谁告诉您的？她问。是莫妮卡告诉我的，我回答说。是啊，她若有所思地说，如果是莫妮卡小姐说的，那您为什么不去问问她呢？因为莫妮卡没您知道得多，亲爱的比，我对她说，如果您允许我这样称呼您。莫妮卡说，警察搜捕伊莎贝尔时，是您在照顾她。这是莫妮卡小姐告诉您的？她问。的确是莫妮卡告诉我的，我坦白说，您为什么要否认呢？您不要否认，亲爱的比，那就像否认您刚才说的话。我不会否认，比说话的语气，好像我伤了她的自尊，我不会否认，当时伊莎贝尔非常需要我。那么您对我说说当时的情况吧，我说。她从桌上的玻璃瓶中倒出一杯水。比低声说，一天晚上，她来敲我的门，当时应该是午夜，她对我说，比，警察正在找我。外面下着雨，她浑身湿透了。比停了一下。然后呢？我问。不要打断我，拜托您了，她说。于是我让她讲下去。

外面在下雨，她的头发淋湿了，成了落汤鸡。伊莎，我说，我的小伊莎，你说警察找你是什么意思？但她没再说其他的话。我随她来到走廊，问她：警察找你是什么意思？他们为什么会找你？发生了什么事？但她什么也没说。我给她热了一杯牛奶，追问她：你闯了什么祸？竟然惊动了警察？这是怎么一回事？是政治警察吗？比，你真傻，她回答我说，当然是政治警察，不要再问了，如果有人找我，你就说我不在你这儿，你不知道我在哪儿。如果有人找你，说自己是线人，那就是我的朋友，我白天会一直待在外面，偶尔也会回来睡觉。一天下午，家里来了一些政治警察。他们趾高气扬，四处查看，问了我许多问题。如果您知道她在哪里，应该马上通知我们，他们命令我。我回答说，我在她家当奶妈时，我认识她，但后来发生了什么，我一点儿也不知道。谁住在这里？他们看着伊莎贝尔睡觉的小房间问。是玛丽亚，一个从康塞桑来的朋友，我撒谎说，她原来在有钱人家做糕点师，现在退休了。那晚，伊莎贝尔回来后，我把情况全都告诉了她。她取出了之前藏起来的小袋子，幸好警察没有发现，里面装的可能是一些书和传单。她说，如果线人找我，你告诉他，我去了一个可靠的朋友那儿。然后她亲吻了我，离开了，之后我再也没见过她。

比歇了口气，又给自己倒了一杯水。我再也没有见过她，她又说了一遍。很可能是这样，我说，报纸上的讣告您后来应该看到了，不可能没人通知您。年迈的比透过眼镜上方的缝隙看着我。您指的是哪份讣告？她问。在卡斯凯什小教堂举行的第七日追思弥撒，我回答说。这也是莫妮卡告诉您的？她问我。那天，莫妮卡去了那座小教堂，我回答，但那儿一个人也没有。那可真是个糟糕的玩笑，总有蠢货在报纸上干这种事。所以，我说，以伊莎贝尔的性格，她不可能自杀？怎么可能呢？按照伊莎的性格，她怎么可能选择自杀呢？她说。那到底是怎么回事儿呢？我又问。怎么回事儿？她反问说。那她最后去哪儿了？比张开双臂。她去了命运指引的地方，她说。那您有她的消息吗？我问，您知不知道她在哪里？不知道，她叹了一口气。接着她又说：很抱歉，先生，就算我知道点什么，您觉得我会告诉一个我没见过、也不认识的人吗？再说，您为什么对她这么感兴趣？因为私人的关系，我回答说，说来话长。

　　我觉得自己进了一个死胡同。如果比不知道，追问下去毫无意义；如果她知道，追问下去同样毫无意义，伊莎贝尔的消息，她绝不会透露给多年后来到她家的一个陌生人。于是我说：莫妮卡不太清楚情况，那时伊莎贝尔已经不怎么和她来往了，但是您——亲爱的比，您一定知道她藏在您家的那些日子里，都和谁在来往。线人，她脱口而出，她和线人有来往。谁是线人？我问，他长什么模样？陌生人，她回答说。我说，当然是陌生人，但伊莎贝尔藏在这儿的那段时间，您应该也有认识的人。她似乎在神游。我认识一个音乐家，比回答说，那段时间伊莎贝尔和一个音乐家有来往。这位乐手当时住在杜卡尔莫小巷，但我不知道她现在住在哪里。这个女音乐家演奏的是现代音乐，名字很奇怪，是个外国名字。有人告诉我，她在欢乐广场一家酒吧里演奏黑人音乐。我不知道是什么音乐，那女孩的名字我也不记得了，反正是个外国人的名字。现在该说晚安了，请见谅，晚上我睡得比较早。

第三个圆形。苔克丝。里斯本。专注

里斯本的有些星期天很沉闷，来自大西洋的浓雾笼罩在城市上空，整座城市显得死气沉沉的。星期天上午大家都会做什么呢？我的一位朋友告诉我，他们上午会去圣多明戈教堂做弥撒，下午下了一会儿雨，无所事事，只能挠肚皮。

我就是这么过星期天的。但我没去做弥撒，我只是淋了一会儿雨，无所事事地闲逛。最后，夜幕终于降临了。

我从亚历山大·赫库拉诺酒店出来，穿过自由大道。我在一家航空公司的橱窗前停了下来，里面张贴了一张巨大的广告，想吸引人们去沙漠旅行。那个时刻，里斯本也有点荒凉，街上行人稀少。我没吃饭，但也丝毫不饿，我需要的只是勇气。我在蒂沃利酒店前停了下来，想进酒吧待会儿，或许这样我会放松一下。以前这儿有个年老的酒保，我认识他，他叫若阿金。

进入酒吧之后，我看见他戴着领结站在吧台前，似乎没有认出我。晚上好，若阿金，我对他说，你认不出老朋友吗？他面无表情地看着我，朋友永远都是朋友，他回了一句富有哲理的话。接着他开始为一对衣着考究的美国夫妇服务。我坐到吧台前的一张凳子上，后来又换了位置，坐到了酒吧角落的一张小桌子旁。过了一会儿，若阿金殷勤地跑过来。您想喝点儿什么呢？他问，态度十分恭敬。很显然，他没有认出我。我的朋友，我说，你现在已经认不出我来了，但你以前认识我，唉！生活就是这样，但作为酒保，你记性差了些，一般酒保都有很强的记忆力——大象一样超凡的记忆力。

　　真是什么都难不倒若阿金。他自如地回答说，永远都不要认出顾客，因为你不知道他们是不是乐意被认出来，他一边说，一边把一小盘花生米放到我的桌子上，还是和以前一样？我好奇地看着他，他脸上波澜不惊。好的，为了检验你的记忆力，我回答说，和以前一样。我在桌底下舒展开双腿。若阿金回来了，请求我原谅他的怠慢。他面无表情地说，那对美国夫妇真折磨人，他们只喝美国威士忌，好像这世上就没其他酒了似的。他们喝完了一整瓶，我只得去贮藏室再找一瓶。

他小心翼翼地把一个几乎装满酒的锥形杯放在我桌上，然后用一把小水晶壶调那杯酒。这是加了柠檬的伏特加，因为橙汁会使您胃泛酸，他低声说，希望我没搞错，再加一滴苦精。他用勺子轻轻搅拌那杯酒，接着说：我记得清楚吗？你真是太厉害了，若阿金，我说，你是怎么记住的？都过去这么久了。大象一样超凡的记忆力，他回答说，酒保就应该有个好记性。他继续说：您的朋友鲁伊，他怎么样了？他也喜欢喝这种酒。他的灵魂应该在帝汶岛①，我说，那儿本该就是他的归宿，他在那儿度过了生命中最美好的几年。但他的肉体却在这儿，在城市里，葬在本菲卡公墓。真遗憾，若阿金感叹说，他的诗很美，我真心感到遗憾。他问我他是否可以坐下来。当然了，若阿金，我说，你坐下吧，我

① 马来群岛南端的岛屿，属于南洋群岛的一部分。东部为独立国家东帝汶，西部为印度尼西亚的一部分。——编者注

们一起喝一杯。我看那俩人喝醉了，他指着那对美国夫妇说，他问我：你的朋友鲁伊是葡萄牙人，还是帝汶岛人？他用葡萄牙语写作，我回答说，但他长着帝汶岛人的眼睛，他脑海中铭记着帝汶岛的童谣。我记得有一次，他在这儿哭了起来，若阿金说，他哭是因为葡萄牙失去了帝汶岛。我说，他去世前赠给我一首他的诗，我把诗译成了波兰语，你想听我读一下吗？很遗憾，我不懂波兰语，若阿金解释说，我从未接触过这种语言。我用葡萄牙语念给你听，这样就能听懂了，我说，我口袋里揣着这首诗呢。我掏出钱包，取出一张折起来的纸条。若阿金，你知道吗？我说，这首诗叫《诗境》，我觉得它能打动所有人，至少让我特别有感触，因为在我的故乡，我也有相似的境遇。我清了清嗓门，开始朗诵：我对你厌烦至极，众人却对你称赞有加，哦，诗歌！我们总是如影随形，同床共枕，我们曾经一起创作歌曲，一起孕育生命，我们风餐露宿，返回应许之地，神圣的山峰、诡秘的黎明，花岗岩中的晨曦；平静、激动，醒来吧，歌颂拥抱我们、融化我们的太阳。

我看着若阿金，他也看着我。真美啊，他说，听完感觉很激动，您知道吗，这首诗让我想起了我童年的一个夏日。那时烈日当空，只能见到软木橡树。"拥抱我们、融化我们的太阳。"说得一点也不错，对吧，若阿金？我问。一点也不错，他肯定地说，我真希望自己能懂诗歌，但我选择了这个职业，为人调酒。依我看，诗歌与酒不矛盾，我想安慰他。您这样认为吗？他问，您还想再来点伏特加吗？不，我回答，来点儿苦艾酒吧。这是十九世纪人们喝的酒，以前在上城区的一家酒吧，在那儿能喝到苦艾酒，不知道现在还有没有。肯定还有，若阿金很确信地说，我知道米尼奥的一家小工厂生产苦艾酒，但只生产几瓶而已。这儿附近的一些酒吧里也有，您知道吗，我相信它在葡萄牙不是禁酒，我们不像欧洲其他国家。你想说什么，若阿金？我问他。葡萄牙保持着自己的独立性，他自豪地回答。当然了，我说，至少在苦艾酒这件事上是这样。您今晚要去什么好地方？若阿金问我。去这儿附近的一个地方，我回答说，就在欢乐广场，我去听爵士乐。说不定，您能在那儿找到苦艾酒，若阿金说，听说那边有。我该付多少钱？我的朋友，我问。他对我摊开双手，我请客，他回答说，我们认识这么多年了，今天就由我请客吧。还是我来吧，我回答他说。您听我说，您就把这当成酒店的赠品，这里永远都是高级酒店，重点是，还有我这大象般超凡的记忆力，他说。他伸出手和我告别。

"热狗"是一家很小的饭馆，里面有一个柜台和寥寥几张桌子。店里不是很拥挤，这真是谢天谢地——那晚，我不想挤在人群里。也许是因为周末晚上天气不好，雾气重重，里斯本人没什么兴致听爵士乐。门口的布告牌上写着"苔克丝的萨克斯演出"，下面一行字写着"向桑尼·罗林斯 [①] 致敬"。

我坐到角落的一张桌子旁。服务员马上跑过来，问我想马上就餐，还是等音乐结束后再用餐。这要看音乐什么时候结束了，我回答说。只有两段，他回答说，

---

① Sonny Rollins，美国爵士乐次中音萨克斯演奏者，是爵士乐史上最负盛名的硬波普萨克斯手。

今晚萨克斯手只演奏两支曲子。她累了，昨天是星期六，她一直演到凌晨三点。我觉得，最好是听完之后再吃饭，服务员问我是否想点一杯开胃酒。我想要一杯苦艾酒，我说。他不慌不忙地问：加冰还是不加冰？为什么这样问？我问，还有加冰的苦艾酒？我们这里可以，他说，我们提供加冰的苦艾酒。不加冰，我这样说只是为了和他唱反调，我想要一杯纯正的苦艾酒，和我以前喝的一样。

钢琴和低音提琴开始调音。服务员不见了踪影，灯光也暗下来。萨克斯手从侧门进来，倚在柜台边上。她头发灰白，但能看出来她还年轻。我马上就喜欢上她了：她长着一双蓝色的眼睛，神情笃定，脸上留下了岁月的痕迹。萨克斯用一根皮绳子挂在她脖子上，她双肘向后支在柜台上，扫视着周围说：今晚有两支曲子，向桑尼·罗林斯致敬，第一首是《万事皆可能》。

她开始吹奏，动作从容，最初声音很轻，后来声音越来越大。我知道这是一首传统歌曲，是一首民谣改编的爵士乐，曲子浪漫、隐秘，在意想不到的地方会忽然欢快起来。苔克丝演奏得很棒。我认真听着，虽然我对这个曲子没什么感觉，但我还是认真地听着。结束时，热情的听众送给她一阵掌声，我也鼓掌了。灯光亮起，服务员端着我的苦艾酒出现了。现在是中场休息时间，他说，暂停十分钟，今晚乐手太累了。我向他致谢，在他离开之前，我用手拦住了他。请等一下，我说，麻烦您转告萨克斯手，她演奏完第二首曲子之后，我想和她谈谈，如果她愿意和我共进晚餐，我会非常高兴，请告诉她，我是伊莎贝尔的老朋友。

　　服务员离开了，灯光再一次暗下来。苔克丝出现了，她站到柜台旁。演奏之前，她报了一下乐曲的名字——《只有三个词》。曲子似乎是四分之四节拍，虽然我不是很懂，但我知道这就是典型的"硬波普爵士乐"，很生硬，就像六十年代演奏的音乐。她在这首曲子里融入了"摇摆"元素，增添了一丝浪漫的色彩。演奏完之后，听众开始鼓掌，我也跟着鼓掌。灯光亮了起来。我把餐巾放在膝盖上，耐心地等待着，没过一会儿，苔克丝便来了。她换上了一件天蓝色的衬衫。您想见我？她问我。我是伊莎贝尔的一个老朋友，我回答说，您愿意和我共进晚餐吗？她坐在了我面前。您在喝什么？她问我，带着浓重的英语口音。苦艾酒，我回答说，没加冰的苦艾酒，之前我还喝了一杯伏特加，两种酒混合起来，可能比较要命。您想吃点什么？她问我。培根煎蛋，我说，您觉得怎么样？我觉得这也是一种致命的搭配，她说，不过没关系，您点吧，我要一份虾仁沙拉。

服务员面带微笑走了过来。我们点了煎蛋和沙拉。音响里缓缓传出一首萨克斯曲子。这首也是您吹奏的？我问她。她说是的，这是我向桑尼·罗林斯致敬的音乐，这是我上个月录制的唱片。您认识伊莎贝尔时，就已经在演奏萨克斯了吗？我问。您一下让我想起很多往事，苔克丝叹口气说。那时候我还在读大学，有时会去学校食堂表演。您的经历真特别，我回答说，一个英国女孩，在里斯本读书，还在大学食堂里演奏萨克斯。我是美国人，她纠正说，我的故事算不上特别。我父亲是诺福克①的工程师，公司派遣他去里斯本的一家造船厂工作，而我母亲也想见识一下欧洲，于是我父亲接受了公司的派遣，来到了葡萄牙。我在这边注册了科学系，其实我学的是生物学，但我从没有做过和生物学相关的工作。那时我已经开始学吹萨克斯，但我总是偷偷摸摸吹。伊莎贝尔发现了我会吹萨克斯，坚持让我在学校食堂表演。那时候，对于葡萄牙大学生来说，听萨克斯是一种革命，因为爵士乐是一个伟大民主国家的音乐。而在葡萄牙，集权政府仍支持法多，尤其追捧一位嗓音甜美的女歌手。我大概知道那位女歌手是谁了，我说。当然了，她说，您知道我说的是谁，没必要指名道姓。那伊莎贝尔呢？我问。当时伊莎贝尔参加了一个学生社团，苔克丝说，这个社团反对当时的专政，她建议我也参加。我后来也加入了，我有美国护照，不像伊莎贝尔那样冒险——其实在那个社团里，大家也没做什么，只是读一些被禁的政治书籍，没做什么出格的事儿。但伊

---

① Norfolk，美国弗吉尼亚州东南部港口城市。

莎贝尔还和其他人来往，她没跟我介绍过那些人。后来有一段时间她失踪了，我听说她被捕了，被关在卡希亚斯[①]监狱里。我们从一个监狱看守那儿得到了伊莎贝尔的消息，他冒着风险来到学校，给我们带来一张纸条。他是反对派成员，一直在暗中帮助政治犯。苔克丝沉默了片刻，说：事情过去太久了。她接着说：后来我回美国待了一段时间。当我回来时，别人告诉我伊莎贝尔死了，说她在监狱里自杀了，还给我看了报纸上的讣告，这就是我知道的。

我们俩都沉默下来了，唱片也结束了，只听见新来的几位顾客说话的声音。您知道吗？苔克丝，我说，我翻过市政府的档案，我没有找到伊莎贝尔的死亡证明。您想说什么？她问。我回答说，从官方资料来看，她还没死。但别人告诉我，她在监狱里自杀了，苔克丝说，她吞了玻璃碎片。没错，我说，大家有各种各样的说法。但我在报纸上看见了她的讣告，苔克丝很确信地

---

① Caxias，巴西东北部城市。

说，我是亲眼看见的。您相信报纸吗？我问，再说，一份讣告，任何人都能在报纸上刊登讣告。的确是这样，苔克丝承认说，那您现在想干什么？我想找到您刚才跟我提到的那个监狱看守，我说，或许他知道更多事情，您记得他的名字吗？苔克丝把头埋在双手间。我的天啊，她说，之前我知道，但事情过去太久了。您努力回忆一下，我鼓励她说，我们有一晚上时间。苔克丝看着我，摇摇头。很抱歉，她说，我把那个名字从记忆里删除了，我只记得他是佛得角①人。信息有点儿少，我说，您再努力想想。我想不起来了，她回答说，真的很抱歉。您听我说，苔克丝，我坚持不懈地追问，那个男人对我来说很重要，您得再努力想想，我想告诉您，苦艾酒除了能让人兴奋，也会让人格外清醒，要不您也来一杯？她露出微笑。我从来没喝过，她解释说，我不知道喝完会发生什么。她继续说：不过没关系，反正演出已经结束了，叫一杯苦艾酒吧！我叫了服务员，这时我

---

① 位于非洲西岸的大西洋岛国，曾是葡萄牙殖民地。——编者注

忽然想起另一件事。桑尼·罗林斯在六十年代就开始吹萨克斯了，是不是？这是六十年代的音乐吧？她点头证实了我的猜测。我大学时就在吹奏他的曲子，她回答说，他是我心中的大师之一。很好，我说，我们重新放一遍唱片吧。

餐馆里只剩下了我们两个人了。音乐重新响起，服务员送来了苦艾酒。苔克丝点燃一支长长的象牙烟斗，吸了两口。这支烟斗是一个印第安酋长送给我的，他说，它能带来好运。他是阿拉帕霍人①，住在阿肯色州附近，他告诉我，遇到难题时可以抽几口。唱片重新开始播放《万事皆可能》。当萨克斯开始了悠扬的一段，苔克丝握着我的一只手说：他叫阿尔梅达，他是阿尔梅达先生。天啊！我说，葡萄牙到处都是叫阿尔梅达的人。苔克丝露出微笑，好像在鼓励我。一位佛得角的阿尔梅达，多年前在卡希亚斯当监狱看守，她嘀咕着说，

① Arapaho，北美洲印第安人的一支，主要居住在大平原，尤其是美国怀俄明州。——编者注

如果他现在还活着，对您来说不难找到他，既然您连政府的档案都可以翻阅。

我问她我们可不可以听完这张唱片，我喜欢把一曲音乐从头到尾听完。苔克丝举起酒杯，邀我与她干杯。我杯中还剩几滴酒。我们为谁干杯？她问。为桑尼·罗林斯，我回答说，他真的很棒。为桑尼干杯！苔克丝说。她又补充了一句：也希望您能找到要找的人。

第四个圆形。汤姆叔叔。赫伯雷拉。复原

我环视四周，发现公交车上空荡荡的。后门上靠着两个梳着很多辫子的年轻黑人，我前面是一个挎着购物袋的老太太，最后排坐着一位神情落寞的男人。我起身向司机走去，旁边的公告牌上写着：禁止与司机闲谈。司机是个瘦小的佛得角人，一脸冷漠的神情。我说我要去赫伯雷拉，想知道在哪站下车。他嘴唇动了一下，发出像吹口哨一样的声音。赫伯雷拉是终点站，他目视前方回答说，到时候我们都会下车，赫伯雷拉就是终点站，再往前什么也没有了。

我是最后一个下车的人。停车的地方是一个圆形广场，上面杂草丛生，广场中心有一座体积庞大的花岗岩球状雕塑，应该是为了纪念某个人或某个事件。纪念碑旁边有一块金属板，上方有一行字：欢迎来到赫伯雷拉。板上绘有地图，标着街道和方向——佛得角街、安哥拉街、圣多美街、莫桑比克街……我努力寻找自己所在的方位。这是一个由肮脏的街道和广场组成的公共建筑的广场，向右转，沿着一条狭窄的小道走，道路两旁有一些半死不活的树木。显然这个地方没有下水道，也没有其他基础设施。最后我找到了圣多美街，接着我开始寻找23号。在这地方，门铃旁边通常没写住户的名字，你就必须记住楼层，是左边的六楼，还是右边的六楼？我随便选了一边，回应我的是一个浑厚的声音，夹杂着轻微的非洲口音，能听出来有些元音受到了其他语言的影响。我是斯洛瓦茨基，我说。他回答说：这里是阿尔梅达家，您上来吧，六楼右边，没有电梯。

给我开门的是一个头发稀疏、身材丰满、上了年纪的非洲女人。一进门是一间狭小的餐厅，那里摆着一张圆形餐桌，桌上堆满了脏兮兮的盘子。角落里有一个约莫十五岁的小女孩，正在熨一大堆衣服。这是我的孙女玛丽亚·奥西塔，那女人说，您请坐，我丈夫马上就来。我坐到一把椅子上，正对着那堆脏盘子。我对面靠墙摆着一个柜子，墙上挂着一幅彩色印刷画，画中是一座有火山的岛屿。

男人走了进来，他睡眼惺忪，一头白发凌乱不堪。他是一位六十多岁的黑人，奇怪的是，他的眼睛是浅色的，像得了白化病。他很瘦，穿着一件背心，但圆滚滚的肚子就像一个西瓜。幸会，他说，我是若阿金·弗兰西斯科·托马斯·德·阿尔梅达，但您可以叫我汤姆，如果您愿意的话，也可以像别人一样叫我汤姆叔叔。他让两个女人出去时，说的是克里奥耳①语，我听不太懂，但我能确定，他不想让她们听到我们的谈话。他走到碗柜前，取了一个瓶子和两个小杯子。卡加沙酒，他说，这是我故乡的特产。我本想拒绝，但根本不可能。我抿了一小口，酒很烈，喝下去火烧火燎的。您听我说，阿尔梅达先生，我说，把您知道的一切都告诉我吧。他用那双浅色的小眼睛看看我，又给自己倒了一小杯，一饮而尽。什么一切？他问。所有一切，我回答说。一切太笼统了，他张开双臂说。把您知道的都告诉我吧，我说，她是怎么死的，为什么她要吞碎玻璃，是

_____

① 克里奥耳，指生于中美和南美的欧洲人的后裔。

谁告发她的，您一定知道，因为您在卡希亚斯当监狱看守时，看管过她一个星期，您一定有机会和她交谈，您知道伊莎贝尔的一切。

他又喝了一小杯酒。一切太笼统了，他回答说。您这样会喝醉的，阿尔梅达先生，您会喝醉的，我说。他点燃一支香烟。醉了更好，他说，这样就不害怕了。害怕什么？我说，您听我说，阿尔梅达先生，我从很远的地方赶来，就是为了向您打听消息，是一个朋友让我过来的，我希望知道真相。在我回到那个遥远的地方之前，我必须知道真相。伊莎贝尔自杀是因为被人告发了吗？如果这是真的，那她是怎么死的？什么时候？到底是怎么死的？我想知道真相，您不应该害怕真相，事情过去了那么久，这个国家已经变了，没人能伤害到您，请您把一切都告诉我吧！他抬头看着天花板，低声说：太笼统了。

他在桌子上砸了一拳，震得杯子摇晃了几下。别这样！我大喊，别这样，阿尔梅达先生，如果您愿意的话，我就叫您汤姆叔叔。我想知道，伊莎贝尔自杀是出于个人原因，还是出于政治原因。我不知道她的个人原因，他平静地说，那位小姐从没对我提过她的私事。天哪！我尽量控制自己的情绪，您可是她的监狱看守，您有的是机会观察她。如果她怀孕了，您一定会有所察觉，总之，她肚子鼓起来的话，那是一眼就能看出来的！阿尔梅达先生摸了一下自己的眉毛。我这双眼睛什么也没看到，他从容地回答说。没错，我说，您可以当什么都没看见，但别人告诉我，伊莎贝尔怀孕了，是她的几个朋友说的。他又喝了一杯酒，用克里奥耳语说：美味的卡加沙酒！他把一只手放在胸口，小声说：那位小姐根本就没怀孕，这一点我可以证明。您的话让我很意外，但一切皆有可能，伊莎贝尔总是让人意外，我问，然后呢，阿尔梅达先生，她为什么要吞碎玻璃？

　　阿尔梅达的妻子打开门，好奇地把头探进来。阿尔梅达一句话也没说，只是做了一个果断的手势，他妻子自觉地退了回去。我们陷入一阵沉默。阿尔梅达先生重新点燃熄灭的香烟，低声说：那是一场骗局，亲爱的先生，完全是一场骗局。我努力让自己振作起来，又喝了一口卡加沙酒。您告诉我这是怎样一个骗局吧，阿尔梅达先生，求您了，您是唯一能告诉我真相的人。老人起身，把对着走廊的门锁上，他吸了一口烟，吐出两个同心烟圈。他专注地盯着烟圈，好像那是世上最重要的东西。那位小姐没有吞玻璃，他低声说，她没死在监狱里，大家以为是这样，但事实并非如此。

　　我一时很激动，将一只手放在他手上，紧紧握住。如果您知道真相的话，我说，阿尔梅达先生，如果您愿意的话，我可以叫您汤姆叔叔，请您告诉我事情的真相，没人会伤害到您。阿尔梅达先生向窗边走去，望着窗外，玻璃上沾满了雨水。这时候，天正下着蒙蒙细雨。有时下午我会站在窗边，望着马路，他用很微弱的声音说，我看着那些狗，这个城区到处都是流浪狗。我的朋友，您可能不知道我在说什么，可是那些狗会让我想到佛得角。它们比我认识的人还让我觉得亲切，因为在佛得角也有很多流浪狗，它们一般都是黄色的，和赫伯雷拉的流浪狗颜色一样。如果要我说，是什么东西将这个小镇和佛得角联系在一起，我觉得就是这些流浪的黄狗。因为，说实话，我在佛得角也没有其他亲人了，我的家人全死了。我有一个当公务员的堂哥，但他不想和我有任何瓜葛，因为我在法西斯时期的政治监狱里当过看守。他现在看见我也不和我打招呼。这个浑蛋，他根本就不知道我为这个国家的民主付出了什么，这也是他的国家，多少次我差点儿丢了性命，那蠢货什么也不明白——他是个公务员。您这一辈子不是也当公务员吗？我反问道。当过，他低声回答说，看怎么当了。您知道吗，亲爱的先生，有时囚犯被送过来时都伤痕累累，因为抓他们的是国际及卫国警察①，这个组织可不是闹着玩的，囚犯遭受一顿毒打后，一个个鼻青脸肿、肺部肿胀，从医务室出来就给扔进了牢房。然后就由我——汤姆叔叔来照顾他们。我为他们煮咖啡，给他们的伤口敷冰，他们也会对我倾诉，会把家书托付给我，我就帮他们

---

① 葡萄牙以前的秘密情报组织。

把信投到邮局。总之，事情就是这样，我尽可能去帮他们，我知道佛得角的同胞在遭受什么罪，因为他们也想获得自由，他们遭受了同样的痛苦。在一个宜人的夜晚，伊莎贝尔小姐来了。

汤姆叔叔停顿了一下。他继续说，她没有证件，她说自己叫玛格达。在审讯时，他们严刑逼供。其实在警车上她就被殴打过，她脸肿着，眼睛也肿着。不知道为什么，我觉得她和我一样，也是佛得角人，她就像是佛得角的女儿，您觉得我说的这些话奇怪吗？尽管她头发是金色的，但她就像一个真正的佛得角人。

阿尔梅达先生沉默了，他打开窗户，把身子伸出窗外，望着下面，把烟头掷了出去。骗局是这样开始的，他继续说，但说实话，我是收了钱的，我这么做主要是因为有人给我钱。我是说，我这么做，不是出于意识形态和政治立场。我那时候需要钱，因为我妻子生了第四个孩子，亲爱的先生，做看守挣的那点儿钱，没法养活一个七口之家，其中也包括我母亲。至少为了不让他们饿肚子。您应该知道，佛得角大家都

吃卡丘帕 ① (cachupa)，那是用玉米、大豆、红薯、牛肉和猪肉做成的，这是丰盛的卡丘帕，但我们只能吃得起简单的卡丘帕，是用谷物和几片猪血香肠做的。所以他们收买我时，我就想：为什么不让家里人吃几个月丰盛的卡丘帕呢？就这样，我接受了，我加入了这场骗局。阿尔梅达先生，我说，这是您第三次跟我提到"骗局"一词，您能不能跟我解释一下，这个骗局到底是什么？

阿尔梅达先生重新坐下，又点燃一支香烟，他双手微微颤抖着，我察觉到他很不安。您要来点儿卡加沙酒吗？他问我。不了，谢谢，我回答说。他吸了一口烟，看着我的眼睛，就好像要说出一个埋藏在内心深处的秘密，他低声说：这是一场简单的骗局，虽说是一场骗局，但一切都很顺利。他不给我回应的时间，继续说：事情是这样的，那是在一月份，我记得好像是一月，反正天气很冷。一天早上，警察把一个女学生抓到

---

① 佛得角的一道招牌菜，通常被称为该国的国菜。——编者注

了监狱里，她是在大学里被捕的。那个星期，学生发动了很多次游行，警察抓了很多人，抓到后并不把他们记录在案，也不审问他们，而是直接丢到卡希亚斯的监狱里。那个女孩当天下午打碎了一个瓶子，吞了玻璃自杀。她很绝望，也很脆弱，因为警察殴打并羞辱了她。我接到通知后，拉响了警报，警察跑来察看自杀的女孩。现场十分混乱，因为当局害怕这种事情传到国外。我打开伊莎贝尔小姐的牢房，给了她一件外套，嘱咐她要自称是自杀者的姐姐，她扶在担架旁边，若无其事地说，她要陪妹妹去圣母玛利亚医院。可能别人也不太相信，但没人留意她，警察就让她出去了。当时监狱长不在，负责人是一个胆小如鼠的人，伊莎贝尔小姐和她的假妹妹上了救护车。到达急救站后，她就若无其事地走掉了，这就是那场骗局。

阿尔梅达先生的额头上布满了汗珠。他向我坦白了他的所作所为，他用恳求的目光望着我，希望我能理解他。我完全理解他。这个年迈的佛得角人，他通过自己的方式支持民主，当年才会加入到那场骗局之中，就像他说的，他只是为了和家人吃上几顿丰盛的卡丘帕。这也许是他一辈子的秘密，他却告诉了我。这忽然拉近了我们之间的关系，我从外套里拿出一张纸巾递给他，他接过纸巾，擦了擦汗，低声问：朋友，您还想知道其他事吗？

　　我看着他，为了表示对他的信任，我又喝了一点儿卡加沙酒。是的，我回答说，我想知道是谁给您下达的命令。组织，他不假思索地回答说。我肯定，组织有一张面孔，某个人，我说，我想知道这个人是谁。阿尔梅达先生挠挠头。我必须告诉您吗？他问我。如果您愿意的话，我说，这对我来说非常重要，真的很重要。阿尔梅达先生又挠挠头。我不知道该不该告诉您，他坦白说，但事情过去很久了，这个国家变了，已经时过境迁了。所以您就告诉我吧，我进一步说。阿尔梅达先生用一个坚定的动作在脏盘子上碾灭了香烟。是蒂亚戈先生，他一字一板地说。蒂亚戈先生是谁？我问，我在哪儿能找到他？我不知道他姓什么，阿尔梅达先生回答，我只知道当时他在鲜花广场开了一家摄影工作室，他在国外也很出名，他还为阿连特茹拍过照，他的影集有几本在法国出版了。就像我刚才对您说过的，他当时在鲜花广场有个工作室。没错，我说，但如果他已经不在那儿了呢？我找不到他怎么办呢？很简单，阿尔梅达先生回答说，去拐角的肉食店问就好了，肉食店老板和蒂亚戈很熟，我相信他知道怎么找到蒂亚戈。他也认识我，因为我偶尔会去他店里买点肉，做丰盛的卡丘帕，但您知道的，我们也不是经常吃得起丰盛的卡丘帕。

我看着他，他也看着我。我想我们的谈话已经结束了，他说。我想也是，我回答说，您知道吗，阿尔梅达先生，有时候您说话像个英国人。我不认识什么英国人，他回答说，我只是个普普通通的佛得角人——至少曾经是，现在我已经不那么确信自己是什么人了。我在这个郊区生活，您知道，我一直都住在郊外。

我起身，径直向门口走去。阿尔梅达先生和我握手告别，他陪我走到楼梯间。再会，阿尔梅达先生，我踏上了第一级台阶，一边对他说。再会，他说，如果您叫我汤姆叔叔，我会更高兴，只有邮差会称我为阿尔梅达先生。那您就把我当成邮差吧，我边说边往下走，但您不必担心，我不会第二次按响您家的门铃。他靠着楼梯扶手，用低沉的声音说：您不要以为我是共产党员，实际上我并不是。我那么做，只是为了吃几顿丰盛的卡丘帕，那个女孩很讨人喜欢。

　　我来到杂草丛生的圆形广场，环顾四周。出租车连影儿都没有，出租车怎么会来赫伯雷拉呢？我来时乘坐的那辆公交车仍然停在终点站。仪表盘上贴着公告：发车时间晚上八点。前后车门敞开着。我上了车，默默等待着。只须等待一个小时。

第五个圆形。蒂亚戈。里斯本。影像

电车正好停在西斯特尔甜品店门口，我顺便去喝了一杯咖啡。服务员像老熟人一样和我打招呼，说不定我以前也认识他，只是我一时想不起来。我冲他微笑，点头示意，留给他五十盾①小费。喝完咖啡，我朝着奥利维特山沿着理工学院街一直走。这是一条陡峭的下坡路，铺着花岗岩鹅卵石。下着蒙蒙细雨，路面很滑。我竖起外套的翻领，继续往下走。这条路恰好经过英国研究所，院子里有粉白相间的建筑，尖顶是用砖块砌成的。我想起一位之前在这里教书的女朋友，她是个不修边幅的女人，有些粗心大意，但和她做爱却很美妙——还有她准备的野餐，简直世间罕有。那时她经常去瓦泉海滩，那里没什么人，只有垂钓者和狗，都是一些老黄狗。这时候，阿尔梅达先生提到的黄狗浮现在我脑海

① 货币单位，葡萄牙语中意为"盾"。在加入欧元区之前，葡萄牙曾将其作为官方货币。

中。

　　鲜花广场上行人稀少。一辆梅赛德斯—奔驰停在一家豪华餐厅前面，车上下来一位身穿深蓝色西装的先生和一位穿粉色衣服的女士。那应该是一家私人会所，要按门铃才能进去。我只希望那家肉食店还开着。这个城区的店铺很晚打烊，如我所愿，它果然还开着。肉食店老板正在用蜡纸包一块小羊腿肉。我想，我要好好演一场戏，便用西班牙语说：嗨，晚上好！男人迷惑不解地看着我。我能断定，他虽然不会说西班牙语，但他一定能听懂。他一副典型肉食店老板的样子，面色红润，双下巴，鼻子上能看到几根青筋，我想他一定吃了很多肉。他把小羊腿肉放进冰箱，问我需要什么。我想打听一件事情，我操着一口不太标准的西班牙语说，打听一个人，我想找蒂亚戈先生。肉食店老板神情严肃地看着我，表情很困惑，用蹩脚的西班牙语问我：你是谁？我佯装不懂，我说，我找一个人，您跟他一定很熟悉，他是一位很出名的摄影师，几年前，他在这里有个摄影工作室，蒂亚戈先生，摄影师。他若有所思，开始把一小块火腿切成片，好像在自言自语：这块火腿，我要拿回家做晚饭，这是查韦斯火腿，您喜欢吃火腿吗？我接过一小片，向他致谢，夸赞这火腿的美味。但我觉得红椒放多了，太辣了，在西班牙，我说，人们会把火腿埋在雪里储藏，叫作高山火腿，很有名的。埋在雪里吗？他问，我从来没有听说过，我们这里冬天也下雪，至少在埃什特雷拉山①北部会下雪，但我们从不会把火腿埋在雪里。抱歉，您为什么要找蒂亚戈先生？我脑中灵光一闪，回答说，我是《国家报》的记者，我想要他拍的照片，我们报社要在西班牙做一个报道。他看着我，双肘支在大理石柜台上。我不懂，他慢条斯理地说。《国家报》，我重复一遍，您不知道这个报纸吗？伊比利亚半岛最重要的报纸。肉食店老板看着我，那一刻我真觉得他的眼睛像牛的眼睛一样。我不知道，他用不耐烦的口吻回答说，我只用报纸来包肉。

气氛有些僵，我不知道还能说什么。为了打破僵

---

① 位于葡萄牙中北部，是葡萄牙本土最高峰。

局，我说：您能再给我一片火腿吗？他把火腿放在抹刀上递给我，用想把我打发走的语气问：可以吗？那一刻我脑中又闪过一个念头，就好像上天在暗中帮助我一样。我品味着那片火腿，低声说：您知道是谁让我来的吗？实话说吧，是阿尔梅达先生让我来的，您愿意的话，也可以叫他汤姆叔叔。听到这个名字，肉食店老板脸上绽放出一个灿烂的笑容。汤姆叔叔，他说，那个倒霉蛋汤姆叔叔。他用白色的围裙擦干双手说：您应该早点说，蒂亚戈先生搬走了。他现在住在圣佩德罗第五街道，就在圣佩德罗·德阿尔坎塔拉观景台前面，门上有一个黄铜门牌，他现在可是有头有脸的人物，牌子上写着"世界与摄影"。

门上的铜牌子看起来的确不错，上面用英语写着"世界与摄影"。我按了门铃，门马上就开了。进去之后，我看到一个葡萄牙晚期哥特式风格的前厅，天花板上是石拱廊，还有一个十八世纪的庭院。我恍惚觉得自己是在一位熟悉的画家家里，但我来这里是为了一件非常重要的事，而不是和朋友一起吃晚饭。接待我的是一位女秘书，她穿着短裙，露出两条健壮的腿，她问我来做什么。我简单回答说，我来找蒂亚戈先生。她问我的名字，我简单回答说：斯洛瓦茨基。秘书把我请进一个小客厅，客厅的装置颇有品位，而墙上的照片，我却不想费心去看。秘书告诉我，蒂亚戈先生十五分钟后才能脱开身，他正在拍摄时尚照片。我坐下来点燃一支烟，开始读一本新闻杂志。

蒂亚戈可能和我一个年纪，也可能比我小几岁，我很难判断。他剃了光头，穿着一件亚麻外套，脖子上系着一条印度围巾。他十分优雅地出现在我面前，正用一支长长的象牙烟嘴抽烟。

晚上好，他说，是公司派您来的吗？我说不是。抱歉，他解释说，我正在等一家公司的评论员，他要来和我商谈摄影展的事。我熄灭香烟，站起来。我不是，我来这儿是为了私事，我说，为了打听许多年前您认识的一个人。他看起来很迷惑，但没有丝毫不安。您跟我来书房吧，他说，里面说话方便些。

他带我穿过楼道，经过一条走廊，走廊尽头是一个巨大的房间，房间的天花板极高，由两根花岗岩石柱支撑着，像是修道院里的餐厅，或许这里之前就是一座古老的修道院餐厅。我们沿着一道绿色的铁质小楼梯下了楼，他请我坐到沙发上，旁边还有一张沙发，放在房间正中央。四周全是固定着相机的三脚架，各种颜色布景和带灯的聚光伞，墙上贴满了五颜六色的小照片。

您说吧，他跷起二郎腿对我说。是这样的，我说，我来这儿是为了伊莎贝尔。他的神情变得迷茫，转而变成了嘲讽。他解下脖子上的软绸巾，放到沙发扶手上。伊莎贝尔，他沉思着说，伊莎贝尔，亲爱的先生，我这一辈子结识了很多伊莎贝尔。在葡萄牙，这是个再寻常不过的名字，她是哪个领域的？演员、模特，还是其他的？其他的，我回答说。请您说得再详细些，他说。我做出一副耐心的样子说，为了让您知道是怎么回事，我好好跟您解释一下，蒂亚戈先生，这位伊莎贝尔以前自称"玛格达"，但这只是一个代号。我相信您很清楚她的真名和代号，我们说，她是别名叫玛格达的伊莎贝尔。您和整个故事可能有关系，也可能没有关系，您有没有想起这个人？他脸上嘲讽的表情消失了，又变得困惑起来。请您说得再具体些，他说。可以，我继续说，我详细说一下情况。许多年前，也就是三十几年前，伊莎贝尔——代号叫"玛格达"，她被关在卡希亚斯监狱。她和蒂亚戈先生是一个组织的成员，我不知道这个组织和葡萄牙共产党有关，还是和其他地下党派有关，由于萨拉查的独裁，那时所有党派都是地下党。蒂亚戈先生，您让她冒名顶替，假装成另一个女人逃出了监狱，伊莎贝尔去了圣母玛利亚医院，然后就没了消息，但您知道她在哪里，您如果知道她的下落，我希望您能告诉我。

　　摄影师调整了一个双腿的姿势，点燃了象牙烟嘴上的一支香烟，他似乎有些不自在。他沉默着，从头到脚打量着我问：您是一名记者？我笑了一下。我不想调侃，但当时的情况让我不得不调侃一下：您的猜测跟我的身份相差十万八千里，蒂亚戈先生，您刚才说的太离谱了。死亡是人生路上的拐弯处，有时候死亡只是从大众视线里消失。为什么？他更加迷惑，为什么要消失？我说，为了画出一个个圆环，为了最终到达圆心。我不明白，他说。我正在用彩色粉末画图，我回答说，我画出一个黄色的圆圈，一个天蓝色的圆圈，就像西藏人画的那样，是一步步靠近圆心的圆形，我正努力到达圆心。为什么？他问。我也点燃一支香烟。很简单，我回答说，为了获得真相，您是拍摄现实的人，一定很清楚什么是获得真相。

　　摄影师径直走向一个储物架，在一个储物箱里翻找了一会儿，拿过来几张照片，他把其中一张递给我。您看看这张照片，他说，摄影会窥探我们的内心，或者说会迫害我们。您看这个头上戴着蝴蝶结、坐在毯子上的小男孩，那是我。他停顿一下。那是我吗？我现在问自己，那是曾经的我？过去的我？过去的我，现在叫蒂亚戈，每天都和我生活在一起？他又递给我一张照片。这张照片拍摄的年代要更近，上面是一个小男孩和一个小女孩。他陷入沉思，露出微笑说：他们骑着一辆小自行车，小女孩坐在后面抱着小男孩。他们天真无邪，欢快地看着镜头，这张照片是我多年前拍的。他们曾经是我的孩子，我问我自己，现在他们还是我的孩子吗？那是不可能了，我要告诉您，我想更好地记录过去，可什么是过去呢？他又顿了一下，感叹说：您应该知道，当哲学家研究摄影时，摄影就会变得复杂，然而我是一名摄影师，有时我会自豪地告诉自己，我有权利表达自己的观点，但是我做不到，因为摄影超越了我，在我之上，于是我就想：一个人一生的照片是时间被分成几个人，还是一个人被分为不同的时期？

我注视着他，对他微笑了一下，那是一个友好的微笑，但我感觉自己内心有一丝恼怒，仿佛我的灵魂有些发痒。您听我说，蒂亚戈先生，我对他说，我知道您对摄影十分着迷，这是您的职业，您正在反思它，但或许为时已晚，您应该早点开始反思。一个人在做出生命中最重要的选择之前，应该去反思。但我理解您，我也和您一样，没反思什么是写作就开始写了，但如果我事先知道写作是什么，或许我就不会写了。算了，这并不是问题所在，现在我们来说说真正的问题。

摄影师看着我，脸上似乎又浮现出一种讽刺的神情。他用手指夹着第三张照片，就像夹着一张扑克牌，但他没给我看照片的正面。他只是对我说：请让我谈一下摄影哲学，至少关于最后这张照片。我记得有人曾说过，摄影就是死亡，因为它留住了一个无法挽回的时刻。他用手指把玩着那张照片，就像在玩扑克。他继续说：但我又接着问自己，如果事情正好相反呢？摄影就是生命——内在、固有的生命让自己在某个瞬间被捕捉。生命总是讽刺地打量我们，因为它就在那儿，固定、不能改变，而我们却生活在变动之中。于是我就想，摄影就像音乐，可以捕捉我们无法捕捉的时刻，我们曾经是什么，本应是什么。在这个时刻，我们无法抵抗，它比我们更正确。或许这就像一条河流，不断流淌，带着我们向前。这条河流是时间的河流，是我们努力想去征服的时间，也是主宰着我们的时间。他又停顿一下，抽了一口烟斗，继续说：生命反抗生命，生命在生命之中，生命在生命之上？您看看这张照片，或许这是我留给您的谜语。

他把照片递给我，等着看我的反应。在照片上，我看见了伊莎贝尔，她穿着一件长及脚踝的外套，到脚那里，脸上没有任何表情，或许有一丝惊讶。她正在机场办理登机手续，只带了一个很小的行李箱。

摄影师站起身，邀我和他一起。我想让您看看我下周要在伦敦开幕的摄影展，他对我说。我开始看墙上的照片。这些照片全是用拍立得照的，有人物照，也有风景照。他把一根手指放在嘴唇上，就像让我保守秘密，但我肯定，那并不是他想说的。您看，他说，我用拍立得拍摄现实。它是台神奇的相机，是我从美国买的，摄影展的名字叫"拍立得——现实"。他伸出手臂，指着几张照片。您看到了吗？他说，这是布鲁克林大桥，这是一场发生在曼哈顿的车祸，这是一个吸毒过量的年轻人，这是一名营养不良的埃塞俄比亚男孩……剩下的您自己看看吧。于是我继续在这间巨大的房间里欣赏那些照片。非常有意思，看到最后我说，确实非常有意思。他再一次从头到脚打量了我一遍，仿佛我是一尊雕像，他对我说：让我用拍立得为您拍张照吧，您想

成为影展里的最后一个主题吗？我很乐意，我说，我们
可以为这张照片取名为"挑战"或"决斗"，就像十九
世纪经常发生的决斗。蒂亚戈先生让我坐在一张高脚
凳上，我身后有一面假背景—— 一片长着松林的海滩。
请您好好展示出伊莎贝尔的照片，他建议说。我把照片
完全展示在镜头前。请不要笑，他对我说，我讨厌照片
中的微笑。他举起那台笨重的拍立得，按下了快门。相
机里吐出照片，蒂亚戈拿着照片在空中挥舞，好让它快
点风干。他看看照片，然后递给我看。照片上只能看见
一把高脚凳，远处的大海布景，还有伊莎贝尔的正面
照。蒂亚戈全神贯注地盯着照片。您没有出现在照片
上，他说，就好像您不存在一样。的确，我说。什么？
他问。我的确不存在，我回答说。您从哪儿来的？他问
我。我看着他，露出微笑。一个极为明亮的地方，我
说，太明亮了，所以有时拍摄不到，不过话说回来，这
张照片归我了。我把照片放进口袋问：伊莎贝尔在哪
儿？他向我伸出一只手，要和我握手。当天晚上，伊莎
贝尔会出发去澳门，他回答说，她乘坐一班直达香港的

飞机，是玛格达派她去的——真正的玛格达。我觉得，玛格达可能让她去找一位天主教神父，那位神父可能在澳门，可能在路环岛，我想不起来了。很可惜，我不知道他是谁，不知道他的名字，但他有可能还活着，说不定您可以再画一个圆环，我所知道的都已经告诉您了，再会。他把我送到铁质楼梯旁，再次和我握手。很抱歉，我不能陪您出去，他说，但门很好找。您一定要注意自己的形象，迟早有一天，您会被镜头拍到的。

第六个圆形。玛格达。神父。澳门。交谈

花园里的小径上人迹罕见。一位年老的中国守门人戴着一顶帽子，塑料帽檐上写着：贾梅士洞[①]。

我们要关门了，守门人对我说，我正准备去锁栅栏门。我不需要太长时间，我脸上堆起微笑说，我只想到贾梅士洞看看。他慢条斯理地回答说：为什么这个点来参观贾梅士洞？您明早再来吧，早上公园里很凉爽，山洞里也很舒适。如果您明早来的话，可以享受到这里的清新空气，现在山洞里只有睡觉的蝙蝠。您说得没错，我明白，我回答说，可问题是，碰巧我今晚必须参观这个山洞。我兴致来了，好像受到了上天的启示。守门人摘掉帽子，搔搔脑袋。我不明白，他说。你叫什么名字？我问他。他露出腼腆的笑容。我户口簿上登记的是马努埃尔，他回答说，因为在这儿登记的都是葡萄牙

---

① 澳门白鸽巢公园内最出名的景观，贾梅士是葡萄牙著名诗人路易斯·德·卡蒙斯，他居澳两年，创作的葡萄牙著名的史诗《葡国魂》，又名《卢济塔表亚人之歌》即此期间在这个山洞创作的。——编者注

语名字，但我的真实名字不是这个。他说出自己的名字——波光，又露出微笑。那你名字的意思是什么？我问。意思是"水面上闪耀的光"，他回答说。我觉得我抓住了一个好机会，便挽住他的胳膊说：波光，你听我说，我也有一束闪耀的光，那束光告诉我，今晚一定要进入这座山洞，你看那边的天上。我伸出一只胳膊，指向一颗闪闪发亮的星星，天空中最亮的那颗。我的启示，或者说灵感就来自那里，我说，随你怎么叫它。他也抬起一只胳膊，伸出一根手指指着那颗星星。星星指引我们，他说，主宰着人世间的一切，然而我们这些可怜的人却毫不知晓。朋友，你的话让我很感动，我继续说，因为你理解我的想法。你知道吗，我收到了那束闪耀的光发来的信息，那束光来自天狼星。他抬起的手臂靠近我的手臂，他看着我，眼神里充满疑问。你不了解澳门的天空，他像道歉似的对我说，很抱歉，但你的确不了解。你指的这颗星星有中文名字，但在拉丁语中，你们用另一个名字称呼它。如果我没说错的话，在你的语言里，它叫"船底座 α"，这是"船底座 α"。朋友，这不是你要找的天狼星，你搞错了。因为在这个纬度，你看不到它。我研究过天相，我对天空了如指掌。我模仿他的样子，搔搔自己的脑袋。好吧，我说，不用那么较真。这颗星星是天狼星也好，是"船底座α"也罢，反正我受到了它的启发——那座山洞里，十六世纪那位伟大的独眼诗人在里面颂扬过基督，我今晚必须进去看看。

他在衣兜里摸索了一番，掏出一串钥匙。这里只有提鸟笼子的中国人会来，他以一种我不太理解的逻辑说，每个人的鸟笼里都有一只小鸟，主人让它们和周围的小鸟交谈，这是中国人的习惯。小鸟与小鸟交谈，可以增进友谊，这样它们的主人之间也会交谈，建立起友谊，在中国就是这样。他停下来，看着我，面露难色。可你没有鸟笼，他继续说，不过现在没人手上有鸟笼。公园里只剩下两个老人在打麻将，他们可以从侧门出去，你这个点进去，除了蝙蝠还能看到什么？今晚我必须进山洞，我坚持说，你知道吗？朋友，我想告诉你，这是命中注定的事情，是星相主宰的。你也相信星相，拜托了，让我进去吧。我一会儿也从侧门出去，让我进去看看，拜托了，或许今晚，在这个散发着玉兰香气的花园里，那位十六世纪的独眼诗人会帮到我。守门人用一种似乎是怜悯的神情看着我。这个花园里没有玉兰香气，他反驳说，只有尿臊味儿。很多人都在树下撒尿——他们懒得去喷泉旁的洗手间，这个花园里总是散发着尿臊味儿。非常好，我赞同他说的，那颗星星指引着我在尘世的道路，在它的引导下，我来到这个散发着尿臊味儿的花园里。我手上没有鸟笼，这是事实，但我来这儿是为了追随我的命运，我想真正地了解它。

看门人给我让路了，他递给我一把小小的手电筒说，我觉得你用得着，你走的时候把它放在门外面。我沿着一条小路，深深地呼吸花园中的空气，想看到底有没有臭味，但我完全闻不到。一阵清爽的柔风吹来，带着大海的气息。一盏路灯下有两个中国人在打麻将，我向他们问好，他们点头回应。其中一个人把四张"白板"排成一排，想凑成"大三元"；另一个人正在琢磨"字牌"。我想那天晚上，我既需要"中发白"，也需要

"字牌"。我向山洞走去，走到一半时，听见背后有人吹口哨，其中一个打牌的人在叫我。他说，您要看我们打牌吗？打麻将需要有人围观，我们没有人看。我摆了摆手，谢绝了他们，继续沿着小路走。到达山洞入口时，我打开了守门人给我的手电筒。

我直接进入了山洞，就像进自己家一样。我想，我可以点一支香烟，我点了一支，就在这时，我听见一只蝙蝠发出吱吱的声音。我用手电光束对准那只蝙蝠，在无边的黑暗中，蝙蝠吱吱地叫，对我说：喂，帅哥，你能听见吗？

那是玛格达的声音。

喂，我回答说，我能听见。你这是在哪儿跟我说话啊？蝙蝠问我。在澳门，我回答说，我在澳门一个山洞里，你呢，玛格达，你在哪儿呢？老地方，她说，你猜猜看。我猜不到，我低声说。很简单，她说，比你想的简单，我们就是在这儿认识的。听着，玛格达，我说，我对猜谜游戏不感兴趣，如果你想告诉我，就最好不过，不然就算了。蝙蝠吱吱叫：我在基亚多①的巴西人咖啡馆②。大傻瓜，我正在喝一杯咖啡雪泥。你现在是什么时间？我问。蝙蝠发出一声短促的笑声。六十年代，我的大傻瓜，玛格达的声音回答我，你希望玛格达在哪个年代和你交谈？我听见一阵酒杯以及餐具发出的碰撞声，蝙蝠吱吱叫着说：能和你联系上我真高兴，这得感谢谁呢？感谢天狼星，或者感谢"船底座 α"，现在我也不是很清楚。你真是难沟通，她说，你为什么会在澳门？原因我一会儿会跟你解释，我回答说，现在我想听听你的想法，你向外界散播的消息，我无法相信。我说了什么呢？她在装傻。关于伊莎贝尔的消息，我回答说，那些消息都是你传出去的，我最近得到的最新消息都来自你那儿，我想听你亲口说出事情的真相。

我用手电筒在山洞墙上乱扫了一通。我右边是那位独眼诗人的青铜半身像，山洞顶上挂着一些钟乳石。

---

① 里斯本的一个重要文化区，位于上城和下城之间，以一座广场和周边地带为中心，包括几个博物馆和剧院。——编者注
② 里斯本一间著名的咖啡馆，位于基亚多广场一端的加雷特街 120 号，常常座无虚席。——编者注

好吧，蝙蝠吱吱叫着说，那你就听我说。我把灯光打在它身上，它一只脚离开岩壁，仅靠另一只脚倒挂着。我清楚看见了玛格达，她正坐在一张巴西小安乐椅上，此时她正在喊服务生，想再加一杯饮料，她点了一杯大麦茶。服务生好像不是很明白，玛格达解释说，那是大麦制成的茶，不过在巴伦西亚①，大家都叫它大麦水，她继续说，西班牙人都这么叫，如果葡萄牙人还称自己为伊比利亚人②的话，就应该学会这种叫法了。她又点燃一支香烟，我准备继续听下去。

伊莎贝尔自杀了，蝙蝠吱吱叫，我非常清楚，她吃了两包药片，她最后一顿饭是巴比妥药片。我可以给你描述一下当时的场景：在坎珀·德·奥里古酒店的家庭公寓里，一个简陋的房间，从窗户可以看到埃什特雷拉圣殿③。她拉开窗帘，天上有一轮非常明亮的月

———————————

① 西班牙东部港口城市。
② 地理学意义上，泛指生活在伊比利亚半岛上的所有常住民族，特别是其中两大主体民族，西班牙人和葡萄牙人。
③ 一座罗马天主教宗座圣殿，位于里斯本埃什特雷拉（意为"星星"）广场。——编者注

亮，她在灯罩上放了一张天蓝色的手帕，房间变成了浅蓝色。床上有一张针钩的毯子，就是小镇旅馆用的那种毯子。她没有水喝了，于是按了呼叫器。来了一位上年纪的女服务员。她身材臃肿，上嘴唇上有明显的胡子。我想要喝水，饮用水，伊莎贝尔说。服务员拿来了一瓶"卢索①"牌矿泉水。就是这个，伊莎贝尔笑着说，它有助于小便，可我再也不需要小便了。人人都需要小便，服务员一脸难过地说，您也一样，小姐，我看您有些憔悴，应该是身体里有毒素，您的脸色才会如此苍白。您看，只要您喝一瓶矿泉水，身体里的毒素就能排出去，您的脸上就会重新焕发出光彩，就像我在您这个年纪时脸上的颜色，那时我还没关节炎。就这样，伊莎贝尔打开了卢索水的瓶子，吞下四五片药，想让自己平静下来。她看着埃什特雷拉圣殿，它白得如同素坯，刺向里斯本的天空。教堂看起来精雕细琢，非常怪诞，仿佛一座山顶。她想：或许我应该向圣母祷告，我已经很久没

---

① 葡萄牙一款矿泉水的品牌。

做祷告了。将要远行的人需要慰藉，伊莎贝尔也需要慰藉，她想找个人倾诉。可找谁呢？在里斯本那个月亮很明亮，教堂酷似素坯的夏夜里，她能找谁呢？她找到了巴比妥，这让她可以平静下来。她坐到盥洗池旁边的茶几上写下一封信。那封信是写给我的——写给她的朋友玛格达的。她与我诀别，并把那晚的情形原原本本地讲给我，但她没有解释为什么要那样做。她只是在一则加了下划线的附言中说：灯光是浅蓝色的，她正看着埃什特雷拉圣殿。就这样，伊莎贝尔离开了。

我沉默了几秒。你讲完了？我问。我讲完了，蝙蝠吱吱叫着说。玛格达，我说，我不知道，你为什么要跟我胡扯这些，你想表达什么？你说什么呢？她尖声回答说，我非常了解她的事情，这就是完完全全的真相！好吧，我说，那你就好好听我说，我给你讲一个真相，你要竖起耳朵听。你曾在反法西斯组织里工作，组织了一些地下活动，伊莎贝尔的身份曝光后，不得不转到地下，你让她藏起来，然后散播消息说她因为感情自杀了。你甚至在报纸上刊登了讣告，还在卡斯凯什教堂策划了一场第七日追思弥撒。只是很不巧，在一场学生游行中，伊莎贝尔遭到政治警察围捕，她没有带证件，于是谎称自己叫玛格达。警察没有审问，直接把她关进卡希亚斯监狱。反正那段时间，都是先逮捕，后审问——这些事情你比我更清楚，不知道我为什么还要跟你说这些。有一天，监狱里来了一个伤痕累累的女孩，她打碎一只瓶子，吞了碎玻璃——她才是真正自杀的人。于是你和监狱看守联手策划了一场越狱。当晚伊莎贝尔登上飞往澳门的飞机，就是这里，我现在所在的澳门。

玛格达一阵沉默，接着响起了她的低语：你是怎么搞清事情的来龙去脉的？很简单，我回答说，我做了一个小小的调查，有人告诉我的。既然你都知道，为什么还要联系我？她问。因为我知道的不是一切，我强调说。你送伊莎贝尔去了一位神父那儿，我想知道他是谁。她冷笑了一声。这谁还记得，她用假声说。你努力回想一下吧，我请求她。这服务员是不会来了，她回答说，我的大麦水都叫了半个小时了。你努力回想一下吧，我坚持说，你为什么不全说出来呢？哪怕这辈子就这么一次也好。心灵感应有时来得真不是时候，玛格达感叹说，从来没人知道，它会从哪个时间来。你是从哪个时间来的？比你晚很多，我回答说，事情过去很久了。我不知道你能不能找到这个神父，她说，他叫多明戈斯神父，经营着路环岛的一家麻风病院，不知道他还在不在世。我当年把伊莎贝尔送到了那儿，其他我就不知道了。

我说：再见，玛格达。蝙蝠似乎用一只脚向我做了一个告别的动作。我关掉手电筒，走出山洞。

站在丘陵高处，可以看到澳门的灯光一直蔓延到韦柳港①。我关上侧门，把手电筒留在了公园里，步行下山，一直走到市中心。广场上没有什么人，眼前是圣保禄大教堂②，但只剩下门面，其余部分早已在十八世纪的一场大火中化为灰烬。

① Porto Velho，葡萄牙语，意为"古老的港口"。
② 澳门著名景点，本地人称之为"大三巴牌坊"。

受好奇心的驱使，我本想在教堂前逛一会儿，可我又想，身体也有它的权利，要满足它的需求，尤其是对一个在尘世上休假的人。

我环顾四周想找一家餐馆。在广场上，最远的拐角处，有一个中文招牌下面是霓虹灯组成的一行英文字母：葡萄牙菜。我径直走过去，餐馆的名字叫"老葡京——现代澳门"。餐馆非常小，有一个小橱窗，橱窗里的一个托盘上安静地躺着没卖完有些发白的猪肚。橱窗最中央的位置摆着一棵巨大的人参，旁边的牌子上用葡萄牙语写着"滋阴壮阳"。我想，说不定我能找到西餐吃，便推开门走进去。店里没有客人，只有一个穿着便装和拖鞋的中国老太太，佝偻着身子，坐在一把高脚凳上。她起身向我打招呼，我坐到一张脏兮兮的桌子前，她很从容地清理满是污秽的桌子。吃广东菜，还是西餐？老太太用葡萄牙语问我。她嘴里正嚼着什么东西，可能是面包，也可能是假牙。西餐，我回答说，要看你们有什么了。有水芹汤和山羊肉，她有气无力地说，西餐只有水芹汤和山羊肉。然后她仔细打量我，做了一个奇怪的手势，就像是在驱魔。这是什么动作？我问，有什么含义？老太太用舌头调整着假牙说：你的灵魂不安宁，体内充满了妖魔，应该去森林寻找神灵帮你驱魔。

她走进厨房，不一会儿就端来了汤和山羊肉，两道菜一起上的。山羊肉的配菜是菠萝和橄榄，这种搭配让我很恶心，但我没说什么就吃了起来。这盘大杂烩不像看起来那么难吃。老太太仔细打量着我，脸上露出一副难以捉摸的表情。

为什么是森林里的神灵？我决定问问她，我不怎么去森林，我也不需要森林里的神灵。你需要有人帮你驱魔，老太太说，你在找一个人，但你体内都是妖魔，你需要森林的神灵帮你。可能你更乐意去找大教堂后面的天主教神父，那个猪猡。为什么说他是猪猡？我问，他真的那么糟糕？不知道，她回答说，天主教的人都是，尤其是神父。我要打听一个消息，我说，你的森林神灵可能无法告诉我，我和他们也没联系，但那个天主教神父或许能告诉我一些事情。

老太太咀嚼着她的假牙，往地上吐了口痰。不明白，她说。一则消息，我解释说，我打听一个人的消息，就像你说的，我正在找一个人。老太太看起来很生气，一阵负罪感涌上我心头。我无法容忍一个戴着假牙、步履蹒跚的老太太因我生气。你是哪里来的？老太太用蹩脚的葡萄牙语问。天狼星，我回答说。她思索片刻，回答说，很好，或许很好。她继续说，可你为什么要找天主教神父？我吃完最后一片菠萝，用餐巾擦擦嘴。因为我需要天主教神父，我说，你这个老糊涂蛋，只有天主教神父能告诉我一些消息。我也开始像她一样，用不标准的葡萄牙语说话了，我真有些气急败坏。

老太太撤下盘子，趿拉着拖鞋走进厨房，回来时，手里拿着一瓶果酒。她给我倒了一杯，说：你喝吧，可怜的人，你这个可怜的基督徒。是这样的，我回答说，你说得对，老太太，我是可怜的基督徒，你知道基督是谁吗？老太太不停调整着假牙，把一只手放到胸口。我是一半基督徒，一半万物有灵论者，她说，你只是基督徒，你要找的天主教神父在广场上，你出去，去吧，去吧。你知道这个神父叫什么名字吗？我问。他在广场上忏悔、纳凉，老太太回答说。是的，我追问，但他的名字呢，他叫什么名字？他不喜欢我这种崇拜所有神灵的人，她仍然按照自己的思路说，我也不喜欢他。这个神父是做什么的？我问。以前他在路环岛照顾麻风病人，老太太回答说，但现在没有麻风病了，他没有营生了，在广场上的椅子上闲坐着纳凉。

我喝完一杯甜得发腻的橘子味酒，付完钱，出门向广场走去。

我在大教堂正面走了走，见到了那位神父。他正坐在一把椅子上纳凉。我朝他走去，对他说，晚上好。他把自己搁脚用的小板凳给我，邀我坐下。

这位神父年老体胖，脸上隐约能看出东方人的轮廓，很显然他是中葡混血。但他的皮肤是橄榄色的，我想，这可能是因为照亮大教堂正面的黄色射灯反射过来一种紫罗兰色的光。他的教士服轻微撩起，搭在交叉的双腿上，他袍子下没有穿裤子，露出两条粗壮而光滑的小腿。

孩子，他问我，你是来忏悔的吗？我坐下来，回答他说：或许有些晚了，我觉得已经有些迟了。他抽着一支粗大的雪茄，说：什么时候忏悔都不算迟。可我已经做完了所有该做的事，我回答说，我在宇宙中也有了自己的角落。他深吸一口雪茄，把烟吐在了我脸上。他小心翼翼地挠挠小腿，对我说：宇宙广阔无边，但现在你在这里，在世界的这个角落里，你忏悔还来得及，尘土之身。我已经失去了自己的尘土，我解释说，我已经变成了纯粹的光。他又轻轻挠了挠两只小腿。你把话说明白些，他低声说。您就把我当成脉冲星吧，我说，我不知道这样说您是否理解。你说的是森林神灵吗？神父问我，莫非你是万物有灵论者？不，我回答说，我说的脉冲星，它可以发射各种波长的光，脉冲频率很高。神父，您知道吗？这是因为中子运动。你说的这些都带有万物有灵论的味道，神父说，你到底想不想忏悔？

事情变得有些棘手，但我已习惯应对棘手的状况。我看着他，忽然觉得他比刚才显得年轻，广场上反射的光线让他的皮肤看起来很光滑，没有一丝皱纹。你是天主教徒吗？我是地道的天主教徒，我出生后第七天，父母就让我受了洗礼，他们是罗马天主教徒。神父又吸了一口他那粗大的雪茄，这次他放过了我，把烟吐在了空中。他似乎在思考。沉思良久后，他挠了挠痒，问我：孩子，你有多久没有忏悔了？我回答说，我从不忏悔，我从来没有忏悔过。他一副若有所思的神情。你是说，你一生从未忏悔过？他问。正是如此，我坦白说，我这一生从未忏悔过。我接着说：但我今晚可以忏悔，因为明天是我的生日。明天是秋分日，神父说，这不是吉日，因为在这一天，潮汐会上涨，人容易做出疯狂的事。对不起，我说，您在这儿是做神父，还是当算命先生？您耐心听我说，现在我已经决定忏悔了，您就让我说完吧！忏悔你的罪过吧，孩子，他说完了挠小腿。神父，我说，请您不要再挠腿了，您挠痒痒会分散我的注意力，也搅扰我忏悔。你应该说，你满心懊悔，神父紧接着说。我满心懊悔，我小声嘀咕说。你再说一遍，他说，我听不清。我满心忏悔，我大声重复了一遍。神父撩下教士服。忏悔你的罪过吧，他对我说。好吧，我开始吐露心声，说来话长，我就言简意赅地和您说一下吧，在这个澳门之夜，秋分前夜，我很想把事情说出来，简要来说是这样的：我曾经推波助澜，让潮汐高涨，这是我的罪过。我觉得你说得有些含糊，神父说，孩子，你应该说得清楚些。我写了几本书，我低声说，这就是我的罪过。伤风败俗的书？神父问。怎么会伤风败俗呢，我回答说，绝对不是您想的那样，我只是表达了对现实的鄙夷。神父又吸了一口雪茄。抱歉，我对他说，神父，您能不把烟吐在我脸上吗？不然我没法专心。他把烟吹到空气中，说：鄙夷？根据主教堂的教规，这应该是"傲慢"，你犯了"傲慢之罪"。你能说得具体一点吗？您知道吗，我说，之前我曾坚信，我想象出来的故事会在现实中出现。我写了一些邪恶的故事，但只是字面上的邪恶。可让我惊讶的是，这些事情真的在现实中发生了，是我引导了事态的发展方向，这就是我的傲慢。然后呢？神父问。然后什么？我反问道。你这一生中犯过的其他罪，他说，不知道你这辈子还犯过其他什么罪。很多，我回答说，但都不重要，那都是人的可怜处境造成的，我一点也不在乎，就随它去吧。我这儿给人以赦免，可不会像给穷人施舍稀饭一样容易，神父说，你得先忏悔，才能得到赦免，这是规矩。

我看着他，胃里感到一阵不适，我下来之后就一直有这种感觉。为了安慰自己，我心想，可能是那个中国老太太给我吃的菠萝山羊肉有问题。神父，您听我说，就算您不赦免我，我也不在乎了。我只想问一件事，许多年前，您是不是在路环岛照顾过麻风病人？他一脸震惊地看着我。路环岛，他回答，不错，那是一段美好的时光，当时有许多麻风病人。他满脸怀念地叹息一声。那时有许多麻风病人，他继续说，现在已经没有了，在澳门大家都很健康，所有人都成了生意人。那时候人们来到诊所，他们双手发紫，可能会缺两根或三根手指。他们信任我们，为了待在诊所里，为了痊愈，他们摒弃了万物有灵论，心甘情愿受洗，那真是一段美好的时光！他又叹息一声，继续说：现在澳门已经没有渔夫了，大家都从香港买海鲜。

我向他要雪茄抽，他给了我一支。我点燃雪茄说：神父，您认识多明戈斯神父吗？他再次叹息，喃喃地说：多明戈斯神父曾经是位圣徒。我担忧地问：为什么曾经是，现在不是了吗？他六年前去世了，神父回答说，他生前是位真正的圣人。您跟我讲讲他的事情吧，求您了，我说。好吧，神父终于在地上碾灭了雪茄，他说，多明戈斯神父的真名叫多梅尼科，他来自意大利西西里，一开始他在内地，经历了那里的共产党革命。战争爆发后，他来到了澳门，在路环岛为麻风病人建了一家诊所。我记得，那时我还是个小伙子。五十年代，我到诊所给他帮忙，那时我还不是神父，正准备领圣职。然后呢？我问。我们一起工作了很多年，他回答说，我们有一百多个病人，但他做的事情不只有这些，他帮助所有人。所有人？我问，包括伊莎贝尔？他回忆了一会。我不认识这个女人，他回答说。玛格达呢？我补充说，她也可能叫玛格达。孩子，神父不耐烦地问，她到底是叫伊莎贝尔，还是叫玛格达？我从口袋掏出蒂亚戈拍的照片，上面可以看到伊莎贝尔的容貌。神父擦着一根火柴，想看清照片，借着火，他又点燃一支雪茄。他看了照片几秒，十分确定地说：我不认识她，我不认识这个女人。您好好想想，我继续说，她叫伊莎贝尔，也可能叫玛格达，她来自葡萄牙，遭受过政治迫害。神父又擦燃一根火柴，重新打量照片。抱歉，他说，我不认识她，我没见过她。他继续说：这些事不是我管的，都是多明戈斯神父在负责。

我深深地吸了一口雪茄，尽量不像他那样把烟吐在他的脸上。我说：亲爱的神父，这个故事要是前前后后地讲给您，就太长了，我说了，您要把我当成脉冲星——我是一个信号接收者，我来自一个光芒四射的地方，我无法让我生活的这些区域处于黑暗中。你说的光芒四射是什么意思，神父问我。光芒四射，很简单，就是全是光的地方，我回答说。我在修道院学习时，有人跟我提过《光明篇》[1]，神父说，你指的是它吗？您怎么

① 犹太神秘主义的摩西五书的注疏，以古老的阿拉米语写就，十三世纪开始流传于世。

113

解释都行，我回答说，我只想知道伊莎贝尔的消息——
或者是玛格达，她也可能这样称呼自己。神父事先向我
致歉，然后搔搔两只小腿。对不起，孩子，他说，我不
知道这是我的坏毛病，还是因为腿上有丹毒，我总是忍
不住要挠。我告诉你，我不是万物有灵论者，但我认识
很多这样的人，我已经说了很多不该说的话。如果我是
你，我就会去问那些万物有灵论者，但我不喜欢这些
人，还有他们的灵魂。我觉得灵魂是一个整体，或许是
三位一体，这是我在修道院学到的。但万物有灵论者认
为一切都有灵魂——一朵花、一棵树、一幅画，以及
所有人。如果你让他们看看这张照片，兴许他们会告诉
你一些信息。是呀，我问，可是我该找谁呢？许久之
前，这里有一位诗人，神父回答说，他可能是万物有灵
论者，也可能不是，但他能通灵。只可惜你不认识他，
我觉得他是个疯子，尤其是他喜欢抽鸦片，不过他抽过
鸦片后，灵感迸发，说的话都很有意思。我说了，他是
位诗人。或许他能指引你找到要找的人，因为他和你一
样，也来自时间之外。这个人是谁？我问。他像骷髅一

样瘦，神父回答说，留着一把长胡子，总是穿白色衣服，有时他只披一张床单在马路上闲逛。他叫什么名字？我问。真名我不知道，神父回答说，但这里所有人都叫他"行走的幽灵"，我记得他以前住在博阿维斯塔大街。

我起身告别，我说：谢谢您，神父，和您谈话让我受益匪浅。这时候，广场上的一切都看起来很不真实，霓虹灯让教堂正面显得很虚假。我想到自己曾经喜欢先锋派，还模仿过超现实主义，那时我真是什么都不懂。

我已经走远了，神父洪亮的声音从空荡荡的广场中央传来。孩子，他大喊，我想告诉你，我赦免你的罪过！谢谢您，神父，我喃喃地回答说。我踏上了自己的路途。

第七个圆形。行走的幽灵。澳门。世俗

那天早晨天气闷热，因为湿气很重，太阳也显得无精打采，一场热带风暴即将来临。韦柳港口排着一队马车，我登上了第一辆。马车夫是个中国男人，下巴上留着小胡子，头上歪歪扭扭地戴着一顶小帽子。他穿着一件脏兮兮的男式礼服，身上淌着汗水。他满脸狐疑地打量我，可能是因为我穿着一件长及臀部的白衬衣，脚蹬一双皮革凉鞋。他说了几句我听不懂的话，应该是广东话。

嗨，朋友，我用葡萄牙语对他说，拉我去那位穿白衣服的诗人家，他住在博阿维斯塔大街。我不认识他，车夫用蹩脚的葡萄牙语回答我说。我在座位上坐好，解释说：那位诗人留着长胡子。我不认识他，他面露难色地回答。他住在博阿维斯塔海边，我又重复了一遍，他是一位诗人，总穿白色衣服。我不认识他，车夫的表情更痛苦。你听我说，老先生，我一字一顿地说，在澳门，所有人都认识这位诗人，澳门没多少人，他是一个长胡子欧洲人，和一个中国女人生活在一起，总是穿着白色衣服，中国人都叫他"行走的幽灵"。啊！车夫露出灿烂的微笑，说，"行走的幽灵"，当然认识了，他在博阿维斯塔大道。我们广东话不这样叫他，但我肯定就是他，我知道送您去哪儿了，相信我。

那是一座木质民居，面朝大海。门廊上放着一张芦苇地席，上三级台阶，就到了拉下来的百叶门前。我敲敲门。没人回应，我又敲了一次。我满怀希望，平静地等待着。几分钟后，门打开了，一位三十多岁的中国女人探出头来。她很漂亮，步伐轻盈，穿一件到小腿肚的蓝色刺绣短袍。她把头发挽到脑后，梳成发髻，眼睛是深褐色的。晚上好，我说，我想见诗人先生，我给他寄了一封拜访函，希望他能接见我。您是谁？女人问我。我叫斯洛瓦茨基，我说，您可以叫我瓦克劳，我也研读诗歌。女人打开百叶门，让我进屋。我来到客厅，里面陈设着竹子做的家具，木地板，墙上是芦苇。先生正在休息，女人说，他刚抽过鸦片。好的，我说，我想和他的妻子谈谈。女人让我坐在一把躺椅上。我就是他的妻子，她说，其实准确来说，我不是他的妻子，我是他的妾。我叫"银鹰"，意思是"银色的鹰"。要我给您倒一杯果酒吗？我接受了她的提议。银鹰身材苗条，动作轻盈。她递给我一杯难以下咽的橘子酒，那种味道我很熟悉，甜得发腻，酒味浓烈，接着她拍拍双手。来了一个中国仆人，他穿着一件制服和一双布鞋。为这位先生扇风，银鹰命令道，他很热。中国仆人开始操作一个鼓风机，悬挂在天花板上的巨型亚麻扇叶动起来了。有了一点儿风，我感觉舒服多了。银鹰太太，我说，我得等很久吗？她做了一个动作，表示她不知道。我去叫醒他，她说，我的丈夫——诗人先生的鸦片时间应该已经结束了。待会我打开房门，您就可以进他的房间。

女人打开竹子做的百叶门，我腼腆地走进去，看见一个男人躺在床上，身上盖着一条白色的床单。他留着很长的黑色胡子，面容消瘦，半闭着双眼。

您登门拜访，真是蓬荜生辉，他小声说。我冒昧来访，我支吾着说，别人告诉我可以找您。我们在一个梦境相遇，或许您能给我一些线索，帮我找到一个人。

虽然您不认识她，她比您晚出生许多年，但以您对星相的了解，也许您能告诉我如何找到她。他发出一声微弱的叹息，拍拍双手。仆人进来，开始蹬一个装置上的脚踏板，上面可以启动一个布做的风扇。您从哪儿来的？诗人问我。我看着他，他面部干瘪，眼窝凹陷，仿佛是死去的基督。从"无限时间"，我回答说，超越你我的"无限时间"。您生活在您的时间里，我曾经也生活在自己的时间里，您现在写诗，我曾经也写诗，但我的诗没有你的那么美，不像您会在诗中加入个人的悲剧经历，我的诗要简单一些。那不是我的个人悲剧，他低声说，那是我这一代人的遭遇，是通过诗歌表达一个时代。当然了，我说，但您从没承担起那个时代的责任，您生活在世界尽头，在这个偏僻的地方，往欧洲传播您的诗歌——您为什么要这样做？

诗人站起身，赤裸着身体，骨瘦如柴，真像一具骷髅。他把一条被单裹在身上，仿佛是古罗马的元老院议员，他惊叫着吟诵：谁玷污了我的亚麻床单？谁撕毁了它们？这些无瑕的床单啊，我想在里面死去！

他把被单一直裹到颈部，向前走到房间正中央，继续说：那个小花园本来是我的，是谁拔掉了那些向日葵？是谁把它们扔到了马路上？

　　我看着他，他像一个稻草人。我脑海里浮现一张二战时的照片，那是一幅让人震撼的图像。我对他说：大师，您让我想到了一名老战士、囚犯，或许这对您来说毫无意义。我不知道您在说什么，他回答说，我对一切一无所知，对过去和未来，我都一无所知，我的诗只关注永恒。他摇动呼叫铃，他的小妾走进来。给我们拿两个烟袋过来，他说，我们要抽鸦片。现在，他对我说，您想问什么就问吧，在抽鸦片之前，在问之前，您要好好想想！

　　仆人拿来两支水烟袋。他点燃烟锅儿，检查水，放好鸦片。我开始抽鸦片，同时担心自己会失去知觉。我说：我在找伊莎贝尔，也许您知道我在哪儿能找到她，我正在绘制同心圆，就像这时候紧紧围绕着我脑子的圆圈。"行走的幽灵"深深吸了一口烟。伊莎贝尔，他说，可能我的诗里有一个叫伊莎贝尔的女人，也可能她只在我的思绪里，这两者是一回事儿，但如果她存在于我的诗歌和思绪里，那她只属于文学，您为什么要寻找一个文学幻影呢？或许是为了让她变成现实，我很虚弱地回答说，为了赋予她生命的意义，让我能安静地长眠。

他从简陋的床上起身，重新把床单披在肩上，吸了一口鸦片，他说：灵魂的朋友，您听我说，我们穿越了时空，诗歌和鸦片也会帮助我们穿越时空。我只会写诗，例如描绘山峰，那些我从未见过的山峰。如果我在科英布拉①时认识您就好了，这对我会是一个启示，该由您去寻找时间和人物。如果您在绘制同心圆环，这些同心圆环就曾在您的作品中出现过，在您的想象中出现过，我心中那些未曾写出来的诗句，或许我永远也不会写出来。但如果您愿意，我可以现在就写。

他沉默不语，呼吸沉重，接着他闭上双眼，似乎是睡着了。几分钟后，我开始感到极度尴尬。我站起

① 葡萄牙中部的一个城市。

124

身，咳嗽了几声，又重新坐下。大师，我小声说，大师，您听我说。他没有任何生命迹象。他闭着眼，干瘦的胸脯不再起伏，仿佛没有呼吸似的。大师，我恳求道，诗歌。

他突然站起身，皮包骨地赤裸着，他裹着被单固定在房间中央，眼神好像中邪了一样，就像死神来拜访他了。他开始吟诵这些句子：若废墟之中的城堡打开窗户，黎明的冷风中，是否还会有摇旗呐喊声？

他稍稍停顿了一下，继续用低沉的声音说：您要找到这座城堡。原谅我，大师，这简直是天方夜谭，我感叹说，山中的城堡太多了。他目视前方，凝望着虚空。您应当到威廉·退尔①的故乡去找，他低声说，说完他再次缄默。

我觉得自己进入了一个死胡同。他的目光已经没有焦点，只是目视前方，表情十分可怕。我本想问他点其他事情，但我不敢，只好继续沉默。接着，"行走的

---

① Wilhelme Tell，传说中十四世纪的瑞士英雄，瑞士国父。

幽灵"用仿佛是从坟墓里传出的声音低声说：您将会在那儿找到一个人，他预计不到您的到访，他是从印度回来的苦行僧。我不会念他的名字，可您若在自己一生的记忆中搜寻，便会猜到他的名字。那座城堡是用来静思默想的地方，特地为一位热爱东方文化的德国作家建造的。

他又一次掀开被单，露出瘦得惊人的肋骨，他靠在一张中式屉柜上，说：明日拂晓，我便会死去，您来得真及时，瓦克劳先生。

他摇响银色的铃铛，他的小妾马上把头探进来。银鹰，他小声说，送客。他躺到床上，又昏睡过去。我跟随女人走到门口。她小心翼翼将百叶门从身后关上，向我鞠躬致敬，低声说了句我听不懂的广东话，然后用葡萄牙语说：一路顺风。谢谢，我回答说。

车夫正在门口等我。我上了车，让他拉我去韦柳港。

第八个圆形。莉莎。泽维尔。
瑞士的阿尔卑斯山脉。膨胀

晚上好，我说，我叫斯洛瓦茨基。晚上好，女人对我说，我叫莉莎。您就坐我这桌吧，她说，餐厅太空了，我不喜欢一个人吃饭。

我坐到椅子上。餐厅十分宽敞，但不太明亮。餐厅最里面的凳子上，放着一个类似炭火盆的东西，发出微弱的火焰。餐厅主墙上挂着一张放大的赫尔曼·黑塞的肖像，照片上他戴着一顶巴拿马草帽，看起来很完美。一个看不到的扬声器在缓缓地播放着异域情调的音乐，我完全不知道这是什么音乐。

这是什么音乐？我问。莉莎露出微笑。印度音乐，她回答说，它的复杂性在于"和谐"，对我们西方人来说，印度音乐有两个基本要素——"塔拉"[①] 和"拉格"[②]，这是印度东北部曼尼普尔人[③] 跳传统舞蹈时的

① 印度古典音乐中的节拍体系。
② 印度古典音乐中的旋律体系。
③ 曼尼普尔人古代由那加人、古吉人、向人（缅甸）和汉人组成。曼尼普尔邦成立于 1972 年。

曲子，是一首举行典礼时用的音乐。我看您非常了解印度，我回答说，我对印度一无所知，我不了解印度文化，可我觉得，在瑞士阿尔卑斯山山脉上听到印度音乐，还是挺奇怪的。您会习惯的，莉莎接着说，没您想的那么奇怪。过一会儿，音响里会放一首喀拉拉邦①音乐，那是一首卡塔卡利舞②曲，这里每晚都会播放同一张唱片，我已经熟稔于心了。您来这儿很久了？我问。快一个月了，她回答说。挺久了，我说，至少对我来说，您在这里待得挺久了，我觉得这儿就像寺庙，您知道，我从来都不喜欢寺庙，戒律太多了。比如晚饭时间特别早，这点我没法忍受。戒律会在人失去边界时起到作用，她回答说，另外还有一个实际的作用，晚上要和喇嘛一起冥想，结束后大家回到各自的房间，继续独自冥想。"在人失去边界时"是什么意思？我问，我不明白。我们继续聊下去，您就会明白，

---

① 印度西南部的一个邦。
② 印度四大古典舞派之一。

莉莎说，我们还是先点餐吧。我打开菜单，研究起来。菜单上的菜我都不认识，我看向莉莎说：抱歉，莉莎，今晚您可以指点一下吗？我不知道这些是什么菜。她再次露出微笑。她的微笑怪异而又冷淡，仿佛在我眼前，同时又很遥远。这是印度菜，她说，点菜的事情就交给我了，我非常了解印度的习俗，还有食物。那您就替我点吧，我说。她开始浏览菜单。今晚菜品很丰富，她说，印度各地菜都有，让我不知道选什么好了。您看着选吧，我说。她看着我，又露出微笑。您的笑容让人心绪不宁，我猜不透是什么意思。好吧，她说，第一道菜，我建议您点一份"塔利"，这是印度南部一道特色素菜，是用咖喱做的蔬菜，还有脆饼——酥脆的油炸杂粮薄饼，还有一点儿加了香料的米饭，我觉得这是一道理想的头盘。她的食指在菜单上移动，试着点下一道菜。第二道菜，她继续说，我建议您点咖喱羊肉丸，这是我最喜欢的一道菜，是克什米尔①特色

---

① 位于南亚西北部，青藏高原西部与南亚北部交界的过渡地带。

菜。您介绍一下这道菜吧，我请求说。很简单，莉莎回答说，这是一道很简单的菜，用加香料的肉做成丸子，一般用羊羔肉做，然后用酸奶汤汁把丸子煮熟。这是一道传统美食，整个印度北部的人都吃这道菜。我赞成她的提议，于是她叫来女侍者。女侍者是位橄榄色皮肤、身穿紫色纱丽①的女孩。

背景音乐变了。现在听到的是我没怎么听过的一种弦乐器，音乐中还夹杂着手鼓的声音，背景声音里有人哼着小曲，似乎是一首摇篮曲。"失去边界"是什么意思？我问她，很抱歉，莉莎，我想知道它的含义。她露出一个遥远的微笑。意思是宇宙没有边界，她回答说，这就是它的含义，正因为如此，我才会在这儿，因为我也失去了边界。她喝了服务员端来的茶。我也喝了一口。这是一杯口感香醇、散发着茉莉芳香的绿茶。然后呢？我问她。她带着那种暧昧的微笑看着我，问：您知道银河系有多少颗星星吗？我不知道，我说，您知道

① 印度女性用整段布或绸包头裹身或披肩裹身的服装。

吗？大约有四千亿颗，莉莎回答说，但在宇宙里，我们已知的星系有一千多亿个，所以说，宇宙没有边界。等一下，莉莎，我说，您是怎么知道这些的？她看着前方，眼神有些空洞，回答说：我是天体物理学家——至少曾经是。

扬声器里播放着短笛吹奏的曲子，音调很高，几乎让人难以忍受，但有时会缓和下来，很悲怆。我看着赫尔曼·黑塞的肖像，他脸上似乎也挂着遥远的微笑。

莉莎点燃一支印度香烟，这种香气扑鼻的烟是用一整片烟叶卷成的。许多年前，我有一个儿子，她说话的语气，不像在和我说话，而是在和空气对话，然而生活却把他从我身边夺走了。我沉默着，从她的烟盒里拿了一支香烟，我仔细观察，发现香烟的名字叫"甘尼许"①，香烟盒上印着一位大象形态的神。我一言不发，等她继续讲下去。我给他取名叫皮埃尔，她继续讲述，

---

① 印度象神，即后期佛典中所说的"欢喜天"，是广受大众喜爱的印度教诸神之一，是湿婆神（Shiva）与帕瓦蒂（Parvati）之子，主智慧、财喜。

可上天像继母般虐待他。他生来身体并不健全，幸而他有独特的智慧，而我懂得他的智慧。她停顿一下，继续说：作为母亲，我爱他胜过了所有一切，您知道怎么爱一个孩子吗？可惜我没有孩子，我回答说，但或许您能告诉我。胜于爱我们自己，莉莎说，远远胜于爱我们自己，这才是对子女的爱。她放下茶杯。我们来一杯香槟，您觉得怎么样？她提议说，今晚，我想喝着香槟等塔利端上来。

她对女侍者做了一个手势，女侍者反应十分敏捷。餐厅的气氛显得很不真实，有人给炭火盆加了火，红色火焰闪烁着映照在赫尔曼·黑曼的肖像上。从玻璃门望出去，可以看到那些积雪的峰顶，此时播放的印度曲子像是低声的呼喊，像是祈求。

我觉得这首曲子就像在哀诉，我说。印度人最清楚什么是哀诉，她说，他们会把这反映在艺术中，事实上我现在就在哀诉，或者说在祈求，但按我们西方人的标准，我只是在用人类的语言表达自我。我们举杯相互祝福。请您继续说，莉莎，我说。他具有自己独特的智慧，她说，我研究过，我也懂得。我们发明了一种代码，像皮埃尔这样的孩子，在学校里，是不会学到这种代码的，但一位母亲和她的孩子却可以一起创造出来。例如，用勺子敲打杯子发送信号，我不知道您是否理解，用勺子敲打杯子。请您解释一下，我说。好，她继续说，必须知道声音的频率和强度，我对频率和强度很在行，我在巴黎天文台研究星体时，这就是我的工作，但这不是我和孩子发明这种代码的主要原因，我是他的母亲，我爱他比爱自己更深。我明白，我说，然后呢？我们的代码很完美，用它交流很顺畅，她继续说，我们学会了一种人类不知道的语言，他用这种语言对我说"妈妈我爱你"，我也知道如何回答他，"皮埃尔，你是我的生命"。当然我们还会交流简单、日常的东西，他需要的东西，表达他的幸福或不幸福。我得告诉您，这些被上天像继母一样虐待的人，他们和我们一样，也懂得什么是幸福，什么是不幸福，他们也有悲伤、忧郁和欢乐。所有我们这些高傲而又卑微、自以为正常的人能体会的情感，他们都能体会到。她喝完了杯中的香槟，我们便开始吃饭，她继续说：我不知道为什么要把这一切告诉您，我连您的名字都没记住。斯洛瓦茨基，我又说了一遍我的名字，我叫斯洛瓦茨基。好，斯洛瓦茨基先生，莉莎说，有一天生活夺走了我的儿子，因为生活不仅仅是继母，还是恶魔。她再次看着前方，仿佛眼前空无一人。如果您是我，您会怎么做？她问我。我不知道，我回答说，这问题太难回答了，您是如何应对的？莉莎发出一声叹息。白天，我在巴黎的街头游荡，她说，我浏览一个个橱窗，观察那些穿着衣服行走的生物，看着坐在公园里长凳上的人，路过花神咖啡馆时，我会观察坐在小桌子旁谈话的客人。我心想，地球上的生活秩序，为什么我无法理解？我不知道您是否理解我的感受，我觉得一切不过是一场木偶戏，晚上我在天文台度过，但那儿的望远镜已经满足不了我的需求了，我想观测星球之间的广袤空间，在这地球上，我是一个想研究宇宙边界的微小颗粒，我想做这件事，这是唯一能给我带来慰藉的事，若您是我，您会怎么做？我不知道，我回答说，今晚您问的问题都很难，莉莎，您是怎么做的？好吧，她说，我发现，在智利的安第斯山脉上，有一个世界上最高的天文台，那是设施最齐全的天文台之一，主要是它够高，我想尽可能待在最高处，尽可能靠近天穹，我想将自己与这悲惨的地壳表面相割离，因为在地上，生活是那么邪恶，我给智利那边发了简历，他们回复说，他们正需要像我这样的天体物理学家。于是我离开法国，抛弃一切，只背了一个装满书的双肩包，还带了件毛皮大衣，去了世界上最高的天文台。她停下来。一会儿喇嘛的研讨会要开始了，她说。请您继续说下去，拜托，我请求她。她继续说下去。我申请到射电望远镜那儿工作，她低声说，我想研究河外星云，您知道什么是仙女座星云吗？请您解释一下吧，我回答说。好吧，莉莎继续说，仙女座星云是一个与银河系相似的螺旋形星系，它倾斜的角度使人很难完全观察到它的螺旋，本世纪的最初几年，人们还不能确定它是否位于银河系之外。直到一九二三年，通过研究三角座的威尔逊天文台，这个难题才得以解决。仙女座星云是我们银河系的边界，而我想去研究宇宙的边界。

她沉默下来，音乐也停止了。餐厅异常地沉寂，仿佛我们游离于时间之外。我明白，莉莎想继续说下去，我想鼓励她，但我没有张口，因为我不想破坏这神奇的气氛。我只是稍稍示意，对她表示赞成。她说，我在无线电望远镜旁，想获取其他星球的智慧生物发射的电波信号，啊，那是世界上最高的山峰之一，您无法想象那上面是怎样一番景象，外面只有白雪、风暴，我在这种情况下向仙女座星云发送信息。我能想象，我回答说，虽然我没体验过。在那个天文台只有三个研究人员，莉莎继续说，我、一位日本天文学家和一位智利物理学家，另外还有两名后勤人员，以备我们不时之需。一个暴风雪夜晚，天文台穹顶的玻璃窗上结着冰块，我脑海里萌生了一个想法，那是个荒唐的想法，我不知道为什么要告诉您。请您告诉我吧，莉莎，我说，如果您能告诉我，我将非常荣幸。那个想法的确很疯狂，她说，我发送了几条信息，我用的是对我来说非常珍贵、亲切的代码，把它译成数字信号发送了出去。她露出一

个遥远的微笑，又重复一遍：真是一件疯狂事儿。拜托
您了，莉莎，我说，请继续说下去。好，她说，事情是
这样的，不知道您是否意识到，向距离我们许多光年外
的仙女座星云发送一条信息，用我们地球的时间算，需
要一百年，也就是一个世纪；想接收到那边传来的答
复，还需要一百年，又是一个世纪。我那条古怪信息可
能会得到答复，在未来或许会被一个对我一无所知的天
文学家接收到。她停顿片刻，这次她注视着我的眼睛
说：太荒唐了，或许您会觉得我是个疯子。我完全没那
么想，莉莎，我向您保证，我相信宇宙中一切皆有可
能，您继续讲吧。那晚暴风雪来袭，冰晶凝结在玻璃窗
上，我就站在射电望远镜前一动不动，就在那时，我收
到了来自仙女座星云的回复，就好像有人在同时也做了
一件荒谬的事。我把它发到译码机上，信息马上识别出
来：一样的频率，一样的强度，用数学术语说，这是一
条我听了十五年的信息。她停下来问我：您觉得我像疯
子吗？我不觉得，我回答道，宇宙才是疯子。好，她继
续说，我害怕同事会把我当成疯子，我没办法用理性的

方式向他们解释这件事，我也没给他们看那条消息，另外，我又该如何解释这件事？几天后，我离开了天文台，开始满世界流浪，后来我到了印度，在那儿待了很长时间。我在一篇经文里发现，东西南北这四个基本方位，可以像在圆形里一样，没有限制或者不存在。这句话令我心绪不宁，因为去掉基本方位后，对于一个天文学家来说，还剩下什么？因此我开始研究印度哲学，其中一个理论认为，迷失的人需要用一种艺术形式来象征宇宙，也就是说，他需要自己独特的基本方向，正因如此，我才来到这里，没人能够到达宇宙的边界，因为宇宙没有边界。

她停下来，露出一个疲惫的笑容。您呢？她问我，您为什么来这儿？我正在努力到达一个圆心，我回答说，我经过了好几个同心圆，现在我需要线索，所以我来了这里。您相信同心圆的说法？莉莎问我。我不知道，我说，这只是一次普普通通的实践，可能它也是一种艺术形式，但我不是信徒。那您是什么人？她问我。您可以把我当成一个正在寻找的人，我回答说，您知道吗？重要的是去寻找。我同意，她说，重要的是去寻找，能不能找到，这并不重要。

　　指示牌上用英语写着"会议厅在二楼"。走到楼梯尽头时，一个身材瘦小、裹着纱丽裙的东方女人接待了我，她手上拿着一份名单。女人双手合十，鞠躬向我问好，她问：先生，请问您叫什么名字？斯洛瓦茨基，我回答说。她浏览名单，用钢笔在上面画了一个小十字。请进，她说。

　　大厅十分宽敞，里面光线很暗淡，地上铺着浅色的木地板。墙壁上刷着白色石灰，没有任何装饰。我看到莉莎坐在地上，身穿一件橙色缎袍子。大厅尽头有一个木凳子，估计一会儿喇嘛要坐在那儿。我在会议厅里转了一圈，把便条放在凳子上，签名为"塔德乌斯"，并注明：二十三号房间，然后我返回房间内。

　　您这样突然出现可真奇怪，他说。
　　他让我坐到窗前的小安乐椅上，他自己坐在写字台旁的雕花凳子上。

我又穿上了西服，但还是赤着脚。您也是突然出现的啊，亲爱的泽维尔先生，我说。我已经不叫泽维尔了，他说，我已经把这个名字留在尘世了。是的，我说，但您的确突然出现，我听说您以前在印度修行，下落不明。几年前有个人跟我提及过，而如今您却在瑞士阿尔卑斯山当起了苦行僧。请您尊重我的信仰，他说。那是当然，我说，我相信，您的宗教信仰也让您要尊重他人的信仰，我也有自己的信念，如果不能称之为信仰，那也是我的使命。您是谁？他盯着我问。便条上的那个人，我回答说，我是塔德乌斯。我不认识您，他回答说。可您认识伊莎贝尔，我说，正因如此，您才会在公寓里接见我，因为伊莎贝尔这个名字勾起了您的好奇心。伊莎贝尔属于过去，他回答说。可能吧，我说，但我来这里，正是为了重建过去，我正在绘制一幅曼荼罗。什么？他说。的确如此，我重申了一遍，您肯定精通曼荼罗，我是按照自己的方式画的曼荼罗，现在圆形一环环在缩小，我绘制了这些圆形，我一个个经过了它们，最后出现了一个奇怪的图案，我正在向圆心靠近。谁告诉了您我在这儿？他问我。是一位诗人告诉我的，我回答说，不，是一位诗人的灵魂。您说的话很令人费解，泽维尔说。您也是，我说，您说话也让人捉摸不透，好像害怕忏悔似的。我没什么可忏悔的，他肯定地说。他接着说：另外，我不知道，为什么我要向您——一个陌生人，讲我在尘世中认识的人。很简单，我回答说，因为伊莎贝尔对您提过我。他默默望着外面的山脉。您敢发誓，伊莎贝尔从没对您提过我？我步步紧逼。我不会在陌生人面前发誓，他回答说，而且我的宗教信仰也不允许我发誓。他的眼里有一道奇异的亮光，让人难以揣测，就好像他要保守某个秘密，仿佛他想摆脱某种使命，或者逃避一段回忆。我本想称他为喇嘛先生，但我不敢造次。我对他说：泽维尔，只有您能告诉我伊莎贝尔的消息，您有办法知道她的事，或者说您已经知道了，请您帮我到达圆心吧！他从写字台上取了一张纸，开始用彩铅绘图。我静静观察他的动作，让他画完那张图。他花费了至少一刻钟。画完后，他把纸递给我。纸上有两个同心圆，圆内写着："帕尔忒诺珀[①]：我在此处游荡"。纸上有一圈画满了各种月相，中间画着一枚红色月亮，圆圆的，看起来像儿童画。我问他：帕尔忒诺珀？这是什么意思？他看着我，脸上的神情似乎带着嘲讽。现在我属于帕尔忒诺珀，他说，就像图画上的文字上说的。我说：帕尔忒诺珀是那不勒斯，在意大利，伊莎贝尔在那不勒斯做什么？对不起，喇嘛先生，这个说法貌似不太符合常理。

他整理了一下彩色绸缎披肩，露出一个难以名状的微笑，低声说：我们和那不勒斯有联系。是的，我回答说，可我在那不勒斯该去找谁，该求助于谁？他从窗户向外望去。夜幕开始降临，我好像听见了母牛哞哞的叫声，一切都很荒谬。曼荼罗应当好好去领悟，他用智者的神态说，不然就太容易到达圆心了，您仔细看这个中心，这是我为您画的一轮圆月。您要按照自己的方式

[①] 即塞壬，希腊神话中用美妙歌声引诱航海者的海妖。英雄奥德修斯经过时，用蜜蜡封住了耳朵。帕尔忒诺珀见不能诱惑他，就跳海自尽，尸体被冲到了那不勒斯湾，在那里人们为她修了一座纪念碑。

去解释，我希望直觉可以引导您，您要记住，我为您写的那句话是一个口令。要不至少当时是那样，您也在意乱情迷、放纵不羁地四处游荡。抱歉，现在我该去冥想了。

　　他打开门，我走到走廊上，甚至没机会和他道别。

第九个圆形。伊莎贝尔。
里维埃拉 ① 火车站。实现。回归

---

① 里斯本以西富裕的沿海地区。——编者注

那个时刻，小火车站里空荡荡的。我走出火车站，来到了火车站前面的小广场。那是一个小花园，四周是散发着浓烈花香的海桐，就像围了一圈篱笆。花园里有两棵棕榈树和两张长椅，篱笆外应该是大海，花园地上铺着沙子和海边的鹅卵石。这正是里维埃拉的小火车站，和我一直以来想象的一样。我看见一列火车飞驰而过，毫无疑问，这列火车是开往法国的，过了那个灯火通明的海湾，就是法国的地界了。我坐在长椅上，思索自己该做什么。也许我该沿着那道斜坡下去，去寻找奥贝尔丹街？花园里的路灯十分明亮，我坐到棕榈树下的一把木椅上，抬头望着天空。天上是一轮牛奶般乳白色的下弦月。我在天空寻觅，在另一角看见一颗让我备感亲切的星星。我舒展开双腿，头靠椅背，保持这样的姿势凝望夜空。

　　乐声从两侧长着海桐的斜坡尽头传来。我熟悉这支曲子，这是贝多芬的《告别》鸣奏曲。

一个奇怪的人走过来。他穿着一身皱巴巴的礼服，戴着一顶白色的大礼帽，抱着一把小提琴。他赤脚走到我面前，很有礼貌地摘下帽子。晚上好，他说，欢迎来到里维埃拉的小火车站，也许这就是您渴望有一天能到达的地方。征得我同意之后，他坐到我身旁。对不起，他说，您现在寻找奥贝尔丹街是白费力气，因为那条街已经换了名字，现在叫海上工人街。我疑惑不解地看着他，他叹了口气。还有您找的印刷厂，他说，也已经关门了，许多年前就停工了，现在那儿是一家高级甜品店，名叫贝涅。我在找社会印刷厂，我说，这才是我要找的。他微笑着，又叹了一口气。没错，他回答说，社会印刷厂，辉煌的社会印刷厂，很多年前被一枚炸弹摧毁了。当时有线索，也有调查，甚至还有诉讼，但作案者一直没找到。就这样，印刷厂的机器炸毁后，破败不堪的厂房废弃了很长时间，后来有人买下了那块地皮，建了一家甜品店，人们在那儿可以吃到美味的甜品。对不起，我问，社会印刷厂都印些什么？那是一家无政府主义印刷厂，他回答说，印刷无政府主义的宣传册子。

少数幸存下来的那些无政府主义者，还印刷一些售价很低的小书、皮埃德罗·戈里①的演讲词，以及意大利无政府主义历史，但是，他又叹息了一声，有时候也印刷婚礼请帖，您明白的，这家印刷厂得生存，年老的图米斯图菲要活下去。图米斯图菲先生是谁？我也学着他说话的方式问。他是辉煌的社会印刷厂最后的守卫者，拿小提琴的男人回答说，他跟印刷机一起被炸毁了。男人又舒了一口气。对不起，他说，我有些喘不上气，上坡路太陡了，您知道，我还要拉小提琴。我好奇地看着他。他把乐器放在我和他之间的长椅上，赤裸的双脚磨蹭着地上的沙子。您让人很惊讶，您什么都知道，我说，说真的，我很惊讶。啊，他说，那当然，我知道您的行踪，您一到这里，我就开始跟着您了。不对，应该说我通过某种方法操纵着全局，您可以把我看作您乐队的指挥。他拿出一支烟点燃。您要来一根吗？他问我。我说不了，我对他说：您说，您知道我的行踪，我倒是

_____

① 皮埃德罗·戈里（1865—1911），意大利律师、记者和学者。

151

很想听您讲一讲我都做了什么。他笑了笑，抬头看看天空，回答说：之前的就不说了，我会重述一遍您最后一站发生的事情。您的最后一站——不，准确来说是倒数第二站，这里才是最后一站。他吸了一口烟说：您到了那不勒斯，见识了最粗鲁的民间文化，我们没想到您的判断力如此敏锐，完全不亚于一名出色的侦探，在一个叫孔切提娜的女人的指引下，您找到了红月餐厅①。在那儿，您和一个反动分子碰了面，他在梅尔杰利纳一家餐厅演奏手风琴。您通过一种不同寻常的方式达到自己的目的，不过您还是成功了——这点毋庸置疑，那个反动分子知道一些线索。因为您知道，在那不勒斯，哪怕是暗语，也会迅速变成舆论。您漫无目的地游荡，凭借那个反动分子提供的各种线索，到了维苏威城区的红月社团。您真可怜，得到的线索都含糊不清，幸好最后您成功找到了您的"红月"。

他把烟头摁灭在沙子里，然后问我：您要我继续

① Luna Rossa，那不勒斯城内的一家餐厅。

152

讲下去吗？请您继续讲下去，我回答说，我很感兴趣。

很好，他继续说，您在和两三个一问三不知的接待员交谈之后，终于找到了一位上了年纪的员工，多年前他也是一位接待员。他身材矮小瘦削，戴着眼镜，谁知道为什么还让他留在那儿，如今这个社团已经变得很强大，还拿到了国家的补助金，也许是因为人们把他当成了战争的纪念吧。他记得伊莎贝尔，他从您给的照片中认出了伊莎贝尔，于是他对您讲了她在"红月"时发生的一切，但他丝毫不知道她的个人生活，也许是因为他也不太了解。最后他给了您这个地址，里维埃拉的小车站，他让您来奥贝尔丹街找社会印刷厂，因为这是伊莎贝尔最后去的地方。他停下来，看着我。为什么您用了远过去时？我问他。他笑了笑，望着天空。远过去时，他说，近过去时、现在时、将来时，实在不好意思，我不懂动词的时态。无论哪个时态，对我来说都一样。我也看着他。他的两只脚在沙子上蹭来蹭去。您到底是谁？我问。我是疯狂的小提琴手，他回答我说，是我引导您绘制同心圆，如果您愿意的话，也可以称之为旅程，我也是被派来的。然后他拿起琴弓，在沙子上画了一个小小的圆形。我们到了中心，他轻声说，请把伊莎贝尔的照片给我。我把照片给他，他把照片放在圆心。随后他站起来，将小提琴放在肩上，缓缓奏起贝多芬的《告别》鸣奏曲。

　　在那一刻，我看见了伊莎贝尔。她正沿着两旁长着海桐的大坡往上走，身上还是我在市政府门前见到过的那身打扮：穿着一件蓝色的丝绸连衣裙，戴着一顶带有白色面纱的小礼帽。她向我伸出一只手，我将它握住，她揭开面纱，我在她面颊上轻吻了一下。嗨，伊莎贝尔说，你看到了，我还存在。我邀她同我一起坐在长椅上。她紧紧握着我的双手说：来吧，今晚我做你的向导。她像从前一样挽着我的手。我们一起沿着那条叫海上工人街的小路往下走。海桐的芬香令人陶醉，能看到低处海湾的灯光。伊莎贝尔，你要带我去哪儿？我问她。她将嘴贴近我的耳朵，轻轻说：等一下，别着急。我们继续往下走。

小海港里空荡荡的，船在水面轻轻摇荡。海港尽头有一个码头，那里停靠着一艘亮着灯的汽船，伊莎贝尔把我带到了码头。

　　我先上了船，然后扶着她的胳膊帮她上来，船上一个人影都看不到。甲板上有一些蓝白相间的帆布躺椅，伊莎贝尔邀我坐下。在这里待着很惬意，伊莎贝尔说，可以欣赏夜空。她在脖子上围一条白丝巾，朝一颗星星轻轻做了一个手势，汽船仿佛中了魔法，没有发出任何声响便离开码头，疾速朝海湾远处的灯光驶去。就在那一刻，我似乎认出了那个海湾和灯光，我有些焦急地问：伊莎贝尔，我们这是在哪儿？我们在过去的时光里，伊莎贝尔回答说。我抓住她的手，对她说：请你把事情说清楚一点，拜托了。汽船穿过了第五道墙，伊莎贝尔回答说，我们在过往的时间里，你看，那是波尔迪尼奥海角①的灯光，我们是从塞图巴尔②出发的，汽船

---

① Portinho da Arrábida，葡萄牙塞图巴尔的一个小海滩，位于阿拉比达。
② 葡萄牙西南部大西洋沿岸的一座城市。

会把我们带到波尔迪尼奥海角，我们回到了之前告别的那个晚上，我们当时就在汽船上，你想起来了吗？我们在过去的时间里。但是，一个人无法同时存在于当下和曾经，我回答说，伊莎贝尔，那不可能，我们只能存在于当下。当下和曾经相互抵消了，伊莎贝尔回答说，像那时一样，你正在对我说再见，但我们在当下，每个人的现在，你正在和我告别。可是，我回答说，如果我要像曾经一样和你告别，那我想知道你后来都经历了什么。

　　阿拉比达的灯光越来越近。汽船鸣笛，发出"嘟嘟嘟"的声响。这是那个闷热的夜里唯一能听见的声音。伊莎贝尔露出微笑，紧握着我的一只手，她的白丝巾在夜晚的微风中飘扬。为什么我要跟你讲述我的生活？她对我说，你已经知道了，你用智慧绘制了你的圆环，你知道我的一切，我的生活的确如此。我后来人间蒸发，还好结局并不是很糟糕。如今你在最后一个圆环里找到了我，但你知道，这个圆心就是我的虚无，此刻我正在这虚无里。我曾想人间蒸发，消失在这虚无里，而且我成功了。而如今你用你的星图，在这虚无中找到了我。但你很清楚，不是你找到了我，而是我找到了你，你寻找我并不是为了我，而是为了你自己。伊莎贝尔，这话是什么意思？我问。她紧紧握着我的手。我是说，你想把自己从内疚中解脱出来，你寻找的并不是我，而是你自己，你想找到答案，原谅自己。今夜，我们乘船从塞图巴尔来到阿拉比达，我们在这船上道别，也正是在今夜，我给你答案。现在，你应该得到解脱，你没有任何罪过了。塔德乌斯，你在这世上没有私生子，你可以安心离开了，你的曼荼罗已经完成了。是的，我说，那此时你在哪里？看吧，她说，你来到里维埃拉的小火车站，你沿着那里的坡爬上去，中途会看见一小片墓地。在墓地中间的小路上，在几个非常简陋的坟墓间，有一个毫无装饰、无人打理的坟墓，只有几朵铁花和一块墓碑，墓碑上写着碑文，没有日期，也没有照片——伊莎贝尔，又名玛格达，她来自远方，渴望宁静，在此长眠。你在那里安息吗？我问她。不，她说，那是一块纪念碑，只是为了纪念往昔，纪念两个简单的名字和一段生命。我在虚无中，你不必内疚，我再说一次，你可以静静安息在你的星座里，与此同时，我继续在虚无中前行。

　　汽船停泊在阿拉比达的码头。海湾上空乌云密布，雨滴开始零星落下。伊莎贝尔从包里拿出一件很薄的雨衣穿到身上。这情景和我们曾经说再见的那个夜晚一模一样，她说，你想起来了吗？开始下雨了。伊莎贝尔，等一下，我说，你不能再次对我说再见。伊莎贝尔站起来亲吻了我。永别了，塔德乌斯，她说，这是最后一次见面，我们永远不会再见了，永别了。我再次望着她远去，和那晚目送她离去的情景一样，她走过小码头，经过一家霓虹暗淡的餐厅门口，开始下坡，她取下脖子上的白丝巾，挥手向我做最后的道别。我也羞怯地向她挥手，用我藏在两腿之间的手和她告别。

　　小提琴手睁开双眼。他站在我面前，车站的花园里，已看不见月亮。他抱着小提琴，赤脚站在沙子上，注视着脚前的圆形。是时候回去了，他说，寻找已经结束了。他蹲下身子，对着沙子吹了口气，圆形消失不见了。您为什么这样做？我问。因为寻找结束了，需要风的吹拂，让一切归于虚无，他说。我捡起伊莎贝尔的照片，把它放进口袋里。这张照片我带走了，我说。您带走吧，他说，这是您的权利，一切故事都有残留，有时只留下一张照片。他把小提琴放在肩膀上，用一种富有旋律的调子，静静地奏起《告别》鸣奏曲。我抬头望向苍穹，看见一颗熟悉的星星。我迈开步伐，那一瞬我看见了伊莎贝尔。她挥舞着白丝巾，正对我说再见。

后　记

　　《献给伊莎贝尔：一个曼荼罗》的出版并未获得安东尼奥·塔布齐本人的许可——这是他的遗作中出版的第一部作品。他用数年时间（在七个黑色油皮封面的本子上）写成了这本书。他在多次采访中很明确地提到过它。一九九六年，他在比萨的韦基亚诺把这本书用打字机完整地打了出来。在另一篇虚构的小说中，他把这本书定义为"像岩壁中的甲虫化石一样怪诞的小说，是一个奇怪的产物"。创作此书的同时，他也在写作其他作品，他去了许多国家旅行。他把这本书托付给一位挚友保管。后来他把书要回去，可能想重读此书，或者想将它付梓，但二〇一一年秋天，他生病了。

《寻找伊莎贝尔：一个曼荼罗》是塔布齐小说创作的一块基石，它一直颇受重视。这是一部重要作品，它以绚烂的光彩照亮了神秘人物伊莎贝尔的存在。这是作者留给所有人的遗产，我们带着怀念和骄傲出版此书，我们把这本书作为珍贵的礼物，献给塔布齐在世界各地的读者。

玛丽亚·约赛·德·兰卡斯特雷

卡尔罗·费尔特里内利

2013 年 6 月